ki・zu・na

芦田京子 Ashida Kyoko

道友社

絆

絆

ki・zu・na

いつも隣に居たはずなのに
遠くを見ていたわたくしは
あなたの温《ぬく》みに気づかずに
ずっと探し歩いてた

「断つにしのびない恩愛」
そんな難しい言葉で
人はあなたのことを呼ぶ

目次

※本書は、月刊紙『人間いきいき通信』（天理時報特別号）などに連載されたエッセーに加筆し、新たな書き下ろしエッセーを加えて再構成したものです。

装丁・カット／森本　誠

第一章

親と子
心の通い路

感謝の言葉をもう一度

部屋の大掃除をしていると、思いがけないものが出てきて、思わず手を止めて座り込み、懐かしく眺め回したりしてしまう。掃除がちっともはかどらなくて、道草の好きな自分に辟易《へきえき》しながらも、やっぱり楽しくてやめられない。

先日も棚の整理をしていたら、きれいなお菓子の箱の中から、たくさんの手紙が出てきた。それらは、まだ子どもっぽい字で書かれた三人の子どもたちからの手紙の数々だった。もう五年も前のことになるが、私が病気のために、家を離れて奈良県天理市の病院に入院していたときのものである。私の入院中に長男は中学生になり、長女は小学四年生に、そして二男は小学校に入学したのだった。

そばにいるときは、子どもの世話ができることを「当たり前」だと思っていた。それどころか、時には「もっと自分の時間がほしいわ」などと、わがままを言ったりしたものである。ところが、いったん病気になって病院のベッドの上の人となるや否《いな》や、「当たり前」が当たり前でなくなってしまった。

子どもから引き離された私は、ただただ子どものことが気掛かりだった。一年生になったばかりの輝次《てるつぐ》は、あの危ない道をちゃんと気をつけて渡っているだろうか。えい子は寂しがっていないだろうか。孝宣《たかのぶ》は中学に慣れただろうか。自分の手術の日の朝ですら、私が神様にお願いしたのは子どもたちのことだけだった。子どもと別れて過ごす日々は長く続き、手紙はそんななかで頻繁にやりとりされたのである。

お母さん、お元気ですか。私はとても元気です。体の調子はどうですか?　お母さんが二度も入院しているので、やっぱり少しさびしいです。

でも周りの人たちが親切にしてくれるのでがんばっています。お母さんの手術が成功したということを聞いて、急いで神様にお礼を申し上げました。てる（弟のこと）はぶじ入学を終えて、いまでは私とてると、ちいちゃんとさやかちゃんで楽しく学校へ行っています。てるも道を覚えました。でも一人で帰ってくる日があるので心配です。私もてるといっしょに帰ってあげたいけれど時間が合いません。でも、できるだけ学校の行き帰りはいっしょに行ってあげたいと思います。お母さん、早く良くなって帰ってきてください。楽しみに待っています。

えい子

そのころに撮った写真もあった。真新しい中学の制服に身を包んだ長男、少し大人びた長女、そして黄色い帽子にピカピカのランドセルをしょって、ちょっと恥ずかしそうな二男……。いまではその子たちが高校三年生になり、中学三年生になり、小学六年生になった。

時の流れは早いものである。そして同時に人の心も移ろいやすい。あのとき、あれほど深く刻まれた別れの悲しみも、そして元気になって帰ってこられた日の喜びも忘れかけ、いつの間にかまた、すべてが「当たり前」の日常に逆戻りしている自分がいる。

思ってもみない幸運に恵まれたり、物事が願い通りになったりしたとき、私たちは嬉《うれ》しくなって、感謝の気持ちが湧《わ》いてくる。

だが、本当は昨日《きのう》と同じように、朝目覚め、手を振って送り出した子どもたちが、夕方には元気に帰ってくる。そんな、繰り返される「当たり前の日常」こそが、一番ありがたいことなのだということを忘れてはならない。日々の暮らしに、もう一度感謝の言葉を取り戻したいと、そう思う。

心で育む一粒の真珠

「一言くらい、いたわりの言葉を掛けてほしいわ」
「ホントね、『ありがとう、お前のおかげだ』って言ってくれたら、どんなに救われることか」

妻たちの会話によく出てくるセリフである。夫や家族のために尽くしても、夫からはそれらしい感謝の言葉がないというのである。

以前、事業に失敗して大きな借金をつくってしまった男性がいた。そのうえ、体までこわしてしまい、働くこともできなくなった。そこで、奥さんが病院に泊まり込んで、患者さんの世話をする仕事をして借金を返すことになった。奥さんは実に一生懸命働いた。小さな体で、働けなくなったご主人と借金の両方を抱えながらも、いつもいそいそと仕事に励み、明るい笑顔を絶やさなかった。

ご主人はそれまでも相当な亭主関白で、奥さんは身を粉《こ》にして尽くしてきた。そして事業の失敗と借金についても、「私さえしっかりしていれば」と夫を責めずにいた。普通に考えれば不幸の部類に入るかもしれないが、その顔は穏やかで、なんだかとても幸せそうだった。

あるとき、ご主人がポツンと言った。

「私は女房が働いている病院のほうに、足を向けては寝られんのです」

男らしい顔に涙が光った。めったに感情を表さないその人の、突然の涙に私はたいそう驚いた。しかし、陰《かげ》でそんなふうに言っているわりには、たまの休みで帰ってくる奥さんに、相変わらず大きな声を出していた。そんな姿に、私は「この間の涙はなんだったんだろう」と不思議に思ったものである。

奥さんは心を倒さず働き通し、とうとう大きな借金を返し終えた。

それから数年の月日が流れたある日、その頑固一徹な夫がついに妻に感謝の言葉を言うときが来た。しかしそれは、同時に終《つい》の別れの場でもあった。二人は海辺の町で結ばれた幼なじみだった。ご主人は苦しそうな息をしながら、奥さんと懐かしい故郷《ふるさと》の話をしたという。そして最期に一言、「長い間、苦労をかけたな。ありがとう」と言った。「その瞬間に、いままでの苦労がパァーッと、どこかへ飛んでいきました」と奥さんは述懐していた。

長い間、心の中であたためながら伝えられなかった思いの結晶は、真珠貝が一生かかって育《はぐく》んできた一粒の真珠のごとく、饒舌《じょうぜつ》な百万もの感謝の言葉よりも心を打つ一言となって、奥さんの心に届いたのだった。ご主人亡きあと奥さんは、きっとこの一粒の真珠を宝物にして生きていったことだろう。

私たちは心の一番奥底に、日ごろめったに表に現さない大切なものを持っている。それは自分自身の真実であり、時に良心とか真心などと呼ばれたりする。心の中に誰《だれ》もがきっと持っている〝小さな神様〟と言っていいかもしれない。それは、あまりにもやわらかく、あたたかく、やさしいものだから、ちょっとしたことで傷ついてしまうため、私たちは幾重にもガードをし、たとえ家族であっても、人にはなかなか見せたりしない。

だからこそ、その堅いガードを解いたときにほとばしる真実の言葉は、人の心を変えるほどの力を持つ。いま目の前で見えていること、聞こえていることがすべてではない。人の心は深いのである。

そんなことがあってから私は、「夫が少しもいたわりの言葉を掛けてくれない」という妻たちに、こんなふうに言うようになった。

「心の中ではきっと感謝しておられますよ。面と向かって言えないだけじゃないでしょうか。でも言ってもらえないうちが花かもしれません。男の人が本気で妻にお礼を言うのは、もしかしたら別れの時かもしれませんから」

そう言いながらいつも私は、あのときの〝夫の涙〟と〝妻の笑顔〟を思い出している。

忘れられない雪の日

木々の堅い蕾《つぼみ》が膨らみはじめて、春の訪れを告げている。この冬は寒さが厳しく、毎日毎日春を待ちわびた。

昨年の暮れ、私は自分で車を運転して、東京から奈良県の天理へと向かっていた。途中、名古屋を過ぎたあたりから雪が降りはじめ、思う間もなく猛烈に吹雪《ふぶ》いてきた。前も後ろもまったく見えない。雪道に残る轍《わだち》を頼りに徐行するしかない。案の定、高速道路は通行止めとなった。すると今度は、ひどい渋滞で一時間に一メートルも進まない。果たして私は天理まで辿《たど》り着けるのだろうか。不安と焦りで居ても立ってもいられない気持ちになった。その日、私は夫から大切な用事を言いつかっていたのだ。

夫にはかつて、敬愛する先輩がいた。しかし、彼は溢《あふ》れる才能に恵まれながら若くして亡くなった。「葬儀の帰り路《みち》、悲しくて悲しくて、涙が止まらなかった。あんなに泣けたことはない」と夫は言った。

何か心に期することがあったのだろう。それから夫は毎年、彼の命日にと、お酒を一本お供えするようになった。当時はなかなか手に入らない銘酒《めいしゅ》を、友人のつてで新潟から取り寄せた。まだ教会青年として懐《ふところ》の寂しかった夫にとって、それは決して楽なことではなかったが、律儀に欠かすことがなかった。毎年毎年、どんな思いでお酒をお供えしていたのか知る由もないが、十七年目の命日を前に、どうしても自分で届けることができなくて、その大切な役目を私に託したのだった。

しかし、そんな夫の思いのこもったお酒を積んだ車は、雪に阻《はば》まれ遅々として進まなかった。タイヤチェーンも巻けない、高速道路を降りたら右も左も分からない方向オンチの私は、雪の予報を知りながら、なんとかなるだろうと家を飛び出してきたのだった。遠くで仕事のために身動きの取れない夫は、私の見通しの甘さに心配のあまり、おそらく腹を立てているに違いない。私は自分の不明を恥じた。

それでも車は少しずつ動きはじめ、ハンドルを握って十四時間、やっと天理の街の灯《あか》りが見えてきた。そのときの安堵《あんど》と喜びは言葉に表せないものだった。

ずいぶん遅くなってしまった。早くお酒を届けねば。しかし、いつもは取り次ぎの方にことづけておく玄関口がもう閉まっていた。どうしよう。途方に暮れていると奥のほうの出入り口に灯りがともって、年配のご婦人らしい人影が見えた。飛んで行って事の由をお話しすると、その方はみるみる目を潤ませた。こんな夜更けにたまたま出会ったその方が、なんと亡き先輩の母上だったのだ。

「あの子が亡くなってからもう長いこと経《た》ちますのに、毎年欠かさず、忘れずにお供えを届けてくださって本当にありがとうございます。きっと二人は、若き日の理想を熱く語り合った、かけがえのないお仲間だったのでしょうね」と

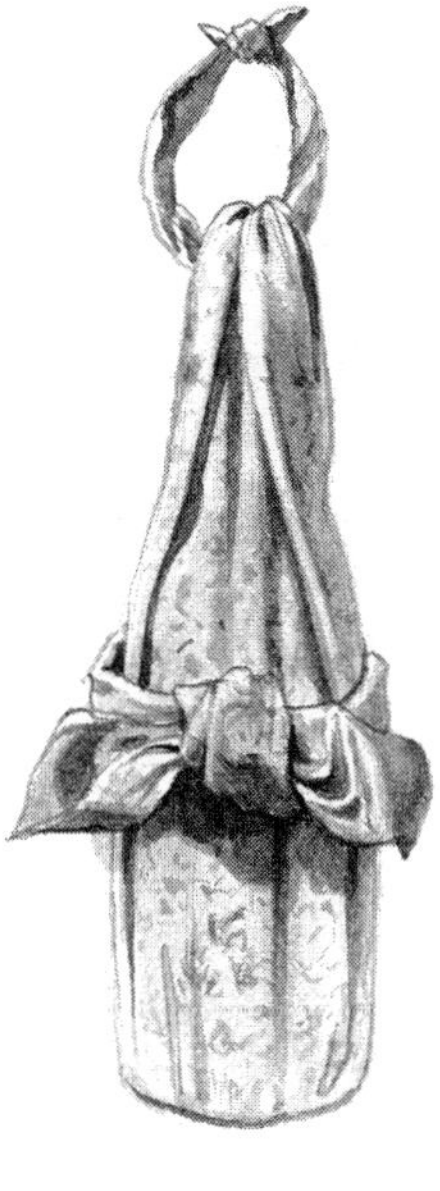

おっしゃった。母上の切れ長の美しい目は、お年を召されているとは思えないほど、夜の闇《やみ》の中でキラキラと輝いていた。十七年前から今日まで、最愛の一人息子の勇姿を片時も忘れず、胸に抱きしめ、生きてこられたのであろう。その姿は私の心を強く打った。

たしか、輝かしい履歴を残された父上も、早く亡くなられたと聞く。この母にこれ以上の悲しみを与えたくないと、きっと先輩は思ったことだろう。どんなに生きたかったことだろう。その心情を思うとき、今日《きょう》を生かされている私たちは、もっと精いっぱい、もっと一生懸命生きなければならないと思う。一本のお酒はその誓いの証しだったのかもしれない。

雪が降らなければ母上にはお目にかかれなかっただろう。雪が大切な出会いをくれた、忘れられない一日となった。

綿の布団

新しい家に住むのは気持ちのいいものだ。だいたい、いままでの家が古すぎた。本瓦で土壁ときたら想像がつくだろう。いまでこそ桜の大木一本残すのみとなったが、庭には大きな落葉樹が何本もあったので、落ち葉で軒がやられ、家の傷みは激しかった。すき間風はひどく、しまいには雨漏りで廊下は川のように水が流れた。思わずため息が出てしまうほどだった。

そんなある日、一通の手紙が届いた。以前、一緒に住んでいた若い女の子が一人で働きはじめ、近況を知らせてきたのである。手紙には元気で働いている様子が綴《つづ》ってあり、最後に「毎日、あたたかい部屋で過ごし、あたたかいご飯を頂き、あたたかいお布団で眠れて幸せです」とあった。私はその一文を読んでハッとした。「私はこれまで、こんなことを思ったことがあったかしら……」とわが身を振り返ったのである。生まれたときから屋根の下に住み、普通にご飯を食べて生きてきた私にとって、それはあまりにも「当たり前」のことだった。

かつて、年配の人からこんな話を聞いた。

その女性は小さいとき、母親が家を出ていってしまったので、当てにならない父親を支え、幼い弟や妹のために小学四年生のころから近所の家に奉公に出たという。雪深い故郷《ふるさと》の村では、昔は布布団《ぬのぶとん》といって布を何枚も重ねて縫い合わせた布団をかぶって寝た。重いだけで少しもあたたかくなかったそうだ。

ところが、奉公先の家には初めて見る綿の入った布団があった。ふっくらしていて、なんて気持ちがよさそうなんだろう、いつか自分のためにお金が使えるようになったら、最初に綿の布団を買おうと思ったという。初めて綿の布団で眠ったときの感激は、いまでも忘れられないと言っていた。

その話を聞いてから、私はすき間だらけの部屋で眠りにつくとき、どんなに寒くても綿の入った布団で眠れるわが身の幸せを思うようになった。考えてみれば、もの心がついてからいつも布団には綿が入っていた。私にとっては当たり前すぎる綿の布団だが、それをただ一つの希望として生きてきた人もいたのだ。

父と母は戦後、広島で布教をした。食べるにも事欠く日々の暮らしだったが、「あなたのお父さんとお母さんは、自分たちの布団も人にあげてしまい、新聞紙にくるまって寝ていたんですよ」とある人が教えてくれた。

私たちがいま、たとえ雨漏りがしようとも、屋根の下で暮らし、白いご飯を食べ、あたたかい布団で眠ることができるのは、皆、親が通ってくれた苦労の道中のおかげだと思うと、寒い夜にも胸に灯《あか》りがともって、身も心もあたたまっていくような気がした。

新聞やテレビを通して広く世界に目を向ければ、いまの日本の私たちの暮らしぶりが、当たり前ではないことは一目瞭然《りょうぜん》である。より良い生活を求め、より豊かな社会を目指していくことは大切だと思うが、何もかもが当たり前で感謝を忘れた生活からは、なんの喜びも生まれてこないだろう。手紙をくれた女の子の、慎《つつ》ましい生活のなかの感謝と喜びは、私にはとても尊いものに思われた。

戦後の著しい経済成長の下で、私たちがどこかへ置き忘れてきてしまった「ありがたいなぁ」「もったいないなぁ」と感じる心。その素朴な気持ちを取り戻して、日々の暮らしを見直してみたい。

おばちゃんと私

以前、教会に一人の婦人がいた。とてもよく立ち働いてくださる方で、私も子どものころから大変お世話になり、「おばちゃん、おばちゃん」となついていた。留守がちであった母に代わって、私はおばちゃんの作ってくれたご飯を食べて大きくなった。思い返すと、していただいたことのほうがはるかに大きく、おばちゃんのために私ができたことはとても小さかった。

しかし、元気だったおばちゃんも年齢とともに少しずつ弱り、往年の輝きは徐々に失われていった。

ある日、買い物に行くとご近所の奥さんがためらいがちに私を呼び止められた。そして、そのおばちゃんが、私からろくに食べ物を貰《もら》えず、早朝から家族中の洗濯をさせられ、広い家の掃除を一人でしているなどと周囲に話していると教えてくださった。私の噂《うわさ》を案じてくださったのである。いま思えば、年を取るにつれて現れてくる傾向の一つだったのかもしれない。あまりのことに私はびっくりもし腹も立った。だが、なぜそんなことを言うのだと問いただしてみたところで、言った覚えはないときっと言うだろう。結局どうすることもできずに、私はあきらめて放っておくことにした。そして、なによりもおばちゃんにそんなことを言わせてしまったわが身のことを省みた。

実は、おばちゃんには私と一つ違いの娘さんがいた。生まれてすぐにその子を養女に出したと聞く。おばちゃんはそれから教会で暮らすようになり、その後に私が芦田家に養女に入った。立場は違っても、娘さんを養女に出したおばちゃんと、養女を育てることになった母と、養女に来た私の三人は、実に不思議なめぐり合わせだったと思う。おばちゃんはおそらく、特別な思いで私の成長を見つめていたことだろう。

大教会の月次祭《つきなみさい》というと、父も母も泊まりがけで出かけるので、私はおばちゃんと留守番をした。おばちゃんなりに精いっぱいかわいがってくれたのだと思うが、やはり母が恋しい私であった。

小学一年生のときだったと思う。母たちの留守中、そのころ大勢いた住み込みの人たちと一緒に食事をしていた私が何げなく、「ああ、早くお母ちゃん帰ってこないかなあ」と言ったら、突然おばちゃんがひどいことを言って、私を揶揄《やゆ》しはじめたのである。いま思えば、心を込めて世話をしている私が、母を恋しがるのでおばちゃんが寂しくなったのだと気づくが、そのときはただ驚いて、胸いっぱいに広がる悲しさに耐えきれず、小さな私は教会を飛び出し、行く当てもなく近くの河原や田んぼを泣きながら歩いていた。

そのうち遠くで、「京子ちゃ〜ん」「京子ちゃ〜ん」と呼ぶみんなの声が聞こえてきた。やがて私は見つかり、おばちゃんは泣きながら「もう二度とこんなことしちゃいやよ」と言ったのだった。私は、なぜか父や母にこのことを話すことができなかった。いろいろな思い出があるが、私はいつもおばちゃんに寂しい思いをさせながら大きくなったのかもしれない。

小さいころは、おばちゃんのことが大好きだったのに、大人に近づくにつれて、私の心は次第におばちゃんから離れていった。いつだったか、「中学生になった京子ちゃんの制服姿を見たときには、とても寂しい気持ちになった」と言っていた。私が大学生になると、毎月お料理の本を買ってくれた。料理上手なおばちゃんは、多分私に教えたかったのだ。いや、私というよりは会うことのできない娘さんに。

結婚したときには、心のこもったお祝いをしてくれた。「おばちゃんの娘も結婚したのよ。でも結婚式には行かなかった。何もしてあげられないから、せめて京子ちゃんに……」と言った。

娘さんのことは折々にどこからか連絡があったようで、結婚式の当日も、いまごろ花嫁衣裳《いしょう》に身を包んでいるのだろうかと、晴れ姿を見たくても見ること

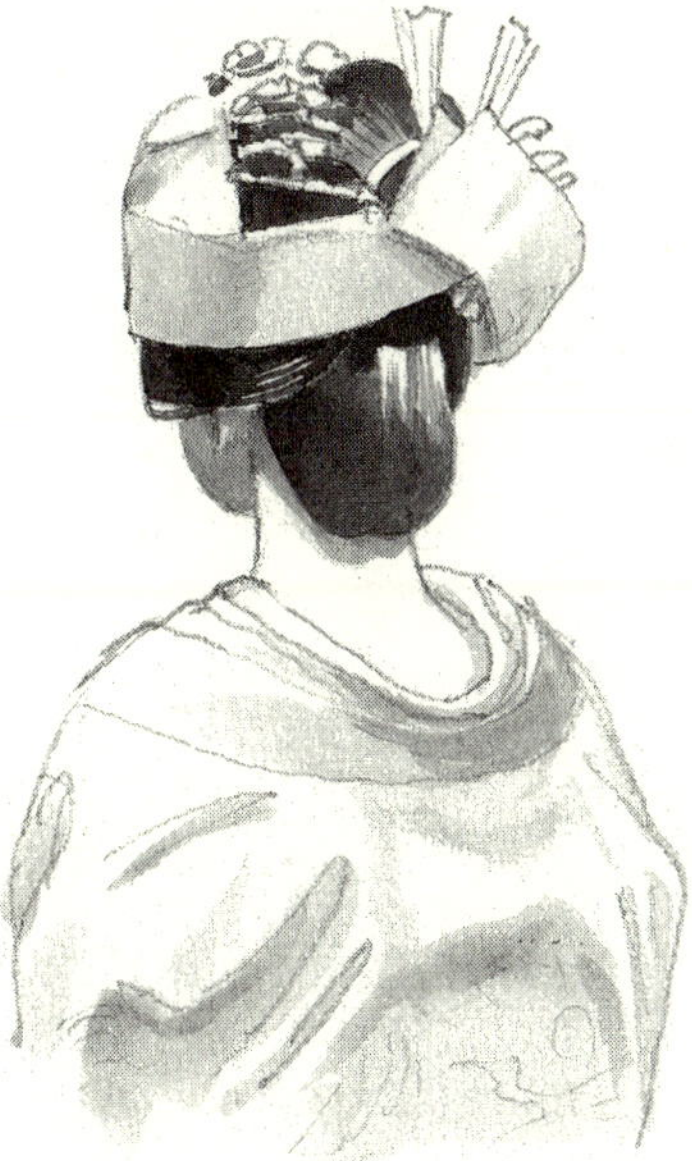

のできない切ない思いで胸がいっぱいになっていたことだろう。そんなおばちゃんの心を私はどれだけ分かってあげていただろう。そう思うと、とても悲しい。

時は流れやがて、おばちゃんと最期の別れのときが来た。私は病室で一人、おばちゃんに「ありがとう」と言いながら、その頰《ほお》に頰ずりして泣いた。

あれから何年も経《た》った。

そして、気がつくと、なにかにつけておばちゃんのことを思い出している自分がいる。あのときの笑顔、あのときの涙、楽しいとはいえない思い出までもが輝いて、何もかもがあたたかく感じられる。

いいことばかりがあるわけではないが、「一緒に生きてきた」ということは、それだけで素晴らしい。私もようやく人の恩を知る人間になりつつあるのだろうか。

「二つ一つ」

私が結婚相手に夫を選んだのは、一つには私にとって彼があまりにも異質な存在だったからだと思う。まず、小さい私に対して彼は大きい。体ばかりではない。顔の表面積ときたら私は彼の三分の一である。余談になるが、大きくて四角い彼の顔は嘘《うそ》かホントか、何かの記念写真の折、旗に間違えられたという逸話が残っている。

さらに、神経質で真面目《まじめ》（？）な私に比べて、彼は大雑把《おおざっぱ》で何があってもくよくよしない。だいたい悩んで眠れないなどということが絶対にない。昔、夫婦げんかをして（といっても私が一方的にスネるケースが多かったが）、「のれんに腕押し」「柳に風」で夫が私など相手にせずさっさと寝てしまったため無性に腹が立ち、すぐに眠ってしまった彼の布団を全部はぎ取って、真冬の寒い夜、しばらくそのままにしておいたことがある。寒くなってきっと目が覚めるだろうと思っていたら、そのままいつまでたってもスヤスヤと気持ちよさそうに眠っている。なんだかバカバカしくなって風邪でも引いたら困ると、また布団をかけ直して私も眠ってしまった。

どちらかというときれい好きだった私とは反対で、彼が部屋にいると部屋中泥棒が入ったのかと思うようなありさまになって、私は正直あきれ返ってものも言えなかった。ところがどうだ、いまでは、私の身の回りを彼がセッセと片付けている。なんと彼のスペースは一糸乱れず整頓されている。人は変われば変わるものだ。

そうそう、この際だから言わせてもらおう。結婚当初、彼はお風呂が大嫌いだった。小さいころ、教会で一緒に生活していた住み込みのお姉ちゃんが体をゴシゴシ洗ってくれたのが痛くてたまらず、それ以来、お風呂というと逃げ回っていたという。とにかく入りたがらないのである。口がすっぱくなるほど言ってもダメなので、ついに私はあきらめた。「変わった人と結婚しちゃったなぁ……」としみじみ思ったものである。

だが、これだけ違う二人が一緒にやっていくのだから、お互い大変だったと思う。彼も私も合わせていくのに相当な努力がいったはずだ。異質なもの同士というのは、結び付く力も強いが、ぶつかり合う激しさも相当なものになるからだ。でも、そのぶつかり合いの中から新しい何ものかが育っていくのである。「二つ一つが天の理」とお教えいただく。このお言葉の中身は、あまりにも奥行きが深くて、私などにはとても掘り下げられないが、私はいろいろなことにぶつかるたびにこのお言葉を思い出し敬服するのである。

たとえば、このようにして私たちが結婚したこと、つまり「男」と「女」という異質な二つのものが結び付いて、夫婦という一つの単位を形作ったということがある。だいたい私たちは、相対《あい》して存在するものがなければ名前すら与えられない。「男」は「女」という性の異なる存在があって初めて「男」という名を与えられるのである。「天地」もそうである。大地があって初めて「天」という区別が成り立つ。異なる存在と対をなして初めて自分があるのだから、相対する存在は非常に大切である。そして、その二つの異質なものが出会ったときに、まったく別な新しいものがそこに生まれるのである。「男と女」で「子」が生まれ、「天と地」で「草木」が育つように……。よく見ていくと、新しいものが生まれ、そこに発展性があるときには必ず、そこに異質なもの同士の組み合わせと出会いがあるように思う。

これを、友人関係や社会の成り立ちで考えても同じことが言えるのではないか。一般に、異質な人は常識も異なり付き合いにくいので、どうしても敬遠しがちになる。同じような考え方の同質な仲間とやっていくことほど、やりやすく楽なことはないのである。だが、このような集まりは安全ではあるが発展性がない。そこで行き止まりである。この「二つ一つが天の理」というお言葉を聞かせていただくとき、異なるモノを恐れず、スパークしながら、何ものかを生み出す強さと前向きな姿勢を持てと、お教えいただいているような気がするのである。

自分の周りを見渡したとき、だいたい気の合う人だけで固まってはいないだろうか？　それもいいのだが、もしも何かを生み出したかったら、新しい自分と出会いたかったら、ちょっと違う苦手なあの人に声を掛けてみるのもいいかもしれない。

異質なものとの出会いと、そこで起こるスパークを避けてはいけないと思う。結婚生活を通じてそのことを学んだ私は、いまあらためて、その勇気と行動力を身に付けたいと願っている。

かけがえのないもの

末っ子というのはとにかくかわいいものである。「幼い」というだけで愛《いと》しいし、親のほうも、細かいことまでゴチャゴチャ言わなくても子どもはちゃんと育っていくことが分かってくるので、気持ちにゆとりができてくるのだろう。加えて、兄や姉までがかわいがるので、末っ子の輝次《てるつぐ》は、ほとんどわが家のペット状態である。

とはいっても、さすがのペットも成長し今年から小学四年生になるので、徐々に子どもから少年へと変化しつつあって、それが母親としては嬉《うれ》しくもあり、ちょっぴり寂しくもある。

ある日、珍しく二人でお風呂に入っていたら、テレビドラマの出演者の話になった。その顔と名前がどうしても思い出せなくて、私がウーンと考え込んでいたら、「お母さん、思い出した。オレ、昔、すごいショックなことがあったんだ」と、いきなり言いだした。

「へえ、どんなこと?」と聞くと、「あのね、お母さんが病気で、ずっと天理に行ってたときのこと。オレあるとき、お母さんの顔を思い出そうとしたんだ。そうしたらね、顔を忘れちゃって、どうしても思い出せなかったの。そのときすごくショックだった……」と言うのだ。

三年前、私は原因不明の激痛に襲われ、東京で入退院を繰り返しながら病院を転々とし、それでも良くならず、最後に天理の病院「憩《いこい》の家」で卵管の腫瘍《しゅよう》を発見してもらい、たすけられた。

桜のころ、憩の家で手術をした。手術後の経過が良かった私は、一カ月くらいで東京に帰ってきたが、秋、銀杏《いちょう》が黄色く色づきはじめるころ、再び体調をくずし、天理へ戻ったのだった。そのときのことを輝次は言っているのだろう。

どんな気持ちで母の顔を思い浮かべようとしていたのかは分からないが、思い出せなかったときの衝撃はよほど大きかったのだろう。

天理に戻るまでの数日間、私は家で休んでいた。輝次はそんな私のために、毎日学校の帰りに黄色い花梨《かりん》の実を一つずつ拾ってきてくれたのだ。美しくもないし食べて味わうこともできない花梨だが、そのやさしい香りは、幼くて思いを言葉に表すことのできない子どもの心を代弁しているかのようだった。

十一月の半ばに天理に戻った私は、冬休みに入っても家に帰れず、詰所での療養生活が続いたが、そのかわり、子どもたちが会いに来てくれた。詰所に着いた夜、輝次は輝くような笑顔で私の顔を見つめていた。夜更けになっても一向に寝る気配がない。せっかくお母さんに会えたのに寝るなんてもったいないのだ。ニコニコしながら私に、「お母さん、冬休みって何日あるの?」と聞くので「十四日間よ」と言うと、「オレ、十四日間イッスイ(一睡)もしないんだ。絶対寝ないんだ……」と言った。

もちろんそのあとすぐに服を着たまま、あどけない寝顔でスヤスヤと眠ってしまったのだが……。

女優で作家の黒柳徹子《くろやなぎてつこ》さんがある本の中で、「テレビはみんな使い捨て」と書いていた。自分がいなければ始まらないと思っていたテレビ番組が、彼女の入院中、しっかりと代わりの人によって放送されていた。一人の人間が生きようと死のうと世の中はそれなりに流れ進んでいく。仕事の代わりをしてくれる人はいくらでもいるというのだ。

だが私には、誰《だれ》にも代わりのできないものがあった。それは、私がこの三人の子どもたちの「母」であるということである。遠足の日にお弁当を作るのをケロッと忘れるぐらいのんきで、髪の毛を切っていたら耳まで切っちゃうぐらいドジで、睡眠不足になってくるとイライラカリカリして、しかも病気でなんの世話もしてやれない母親だとしても、隣のやさしくて面倒見のいいおばさんと交代するわけにはいかないのである。この地球上に何十億といる人間たちの中で、母と子は互いに取り換えることのできない「かけがえのない存在」なのだ。

サン・テグジュペリの『星の王子さま』という本は、たくさんの真実を私たちに教えてくれる。

王子さまは、自分の星に咲いた一輪の美しい花をとても愛していたが、地球に来てみたら、それはただのありふれたバラにすぎなかった。だが、何千となく咲いているバラたちを前に王子さまはこう言った。

「あんたたちは美しいけど、ただ咲いているだけなんだね。あんたたちのためには、死ぬ気になんかなれないよ。そりゃ、ぼくのバラの花も、なんでもなく、そばを通ってゆく人が見たら、あんたたちとおなじ花だと思うかもしれない。だけど、あの一輪《りん》の花が、ぼくには、あんたたちみんなよりも、たいせつなんだ。だって、ぼくが水をかけた花なんだからね。覆《おお》いガラスもかけてやったんだからね。ついたてで、風にあたらないようにしてやったんだからね。ケムシを——二つ、三つはチョウになるように殺《ころ》さずにおいたけど——殺してやった花なんだからね。不平《ふへい》もきいてやったし、じまん話もきいてやったし、だまっているならいるで、時には、どうしたのだろうと、きき耳をたててやった花なんだからね。ぼくのものになった花なんだからね」(内藤濯《ないとうあろう》訳)

人は、そんなふうにして「かけがえのないもの」を得るのだろうと思う。

しかし、子どもはやがて成長し大人になる。私たちはその「かけがえのないもの」をいつかは手放さなければならないのだ。子どもの旅立ちを、悲しみをこらえて笑顔で見送らねばならないのである。その日まで神様が与えてくださった時間を大切にしよう。それこそ「十四日間、一睡もしない」くらいの気持ちで……。

心の傷を乗り越えるとき

「お母さん、今日《きょう》学校で『天理教、天理教』って、からかわれた」

「あっ、オレも、オレも」

小六のえい子と小三の輝次《てるつぐ》の会話である。

同級生の子の話によると、弟のほうはゆでだこのようになってカンカンに怒ってけんかをしたらしい。一方、姉のほうは黙って聞いていたのだろう。

私は、「ふーん」と聞いていたが、「まあ、そんなこともあるだろう」と思って、さほど気にも留めなかった。それ以後、その話は出なかったのでもう終わったと思っていた。ところが半年ほど経《た》って、本当はちっとも終わっていないことが分かった。娘の心に小さな傷となって残っていたのだ。

ある日、私は車の運転を依頼された。地域の子ども会の行事の送迎係だ。ところが、娘がなんとなく浮かない顔をしているので「どうしたの?」と聞くと、「うーん、あのね、うちの車、この前、友達にちょっとからかわれたの……」と遠慮がちに言う。ワゴン車に黒く教会名が書いてあるのを見られたらしい。「前に、学校で『天理教、天理教』って言われてから、なんとなくうちが教会だってことを、人から言われるのが嫌になったの。小さなことでも気になるの」と言うのだ。

話を聞いていると、半年前の出来事が、些細《ささい》なこととはいいながら、トゲのように子どもの心に刺さっていたことが分かる。また、男の子と女の子とでは受け取り方も違うようだ。下の子は、教会が古くてあちこち傷んでいるのを、友達に、「アッシー(ニックネーム)んち、ふりィー(古い)」と言われると、「オレんちは、すごい歴史があるんだぜ」なんて言っていばっている。

娘の話を聞いて、私も一瞬、ヤジった子の親に文句の一つも言いたい気持ちになったが、「イヤイヤそうではない」と思い直し、こう言った。

「えいちゃんねェ、お母さん、実はこういうことがあってよかったと思うんだ。えいちゃんはお勉強も運動もまあまあ得意でしょ。でもお友達のなかには、えいちゃんがなんでもなくスイスイと飛び越えられたところでつまずいてしまって、悲しい思いや恥ずかしい思いをして、自分を情けなく思ってる人、いっぱいいるんじゃないかしらね。だからね、お母さんはえいちゃんがちょっとでも恥ずかしい思いをしたり、悲しい思いをしてくれたことをかえって嬉《うれ》しいと思う。そういう思いをしたことがなければ、惨めな気持ちになっている人の心を本当は分からない……」。そう言って、おやさまの話をした。

貧に落ちきらなければ、貧しい者の心が分からんとおっしゃって、自ら赤貧のどん底へ落ちきられた道すがらは、おつとめ後に拝読させていただく「天理教教典」のおかげで、断片的にでも子どもの心に残っている。そんな話をしながら、私は自分の子どものころのことを思い出した。

あれは、小学四年生の音楽の時間だった。新しく赴任してきたお年寄りの先生がみんなを笑わそうとして、いろいろとギャグを飛ばすのだが、ちっとも面白くなくみんなシラけていた。

そこへなんの脈絡もなく突然、「まったく、バカな宗教もあるもんですよね。天理教だなんていってね。あんなの『チィチィパッパ、チィパッパ』って踊ってるだけですよ」とその先生が言った。クラスのみんなが一斉に私のほうを向いた。それまでも私はよく「天理教、天理教」と男の子たちからからかわれていたが、学校の先生にまで言われるとは……。このときばかりは全身が震えだすほどのショックを受けた。私は担任の先生に、「もう、学校をやめます」と泣きながら言ったのを覚えている。

あのあと、どんなことが学校の職員室の中で起きたかは知る由もないが、家に帰って泣きついた私に、「ほほう、そんなことがあったのか」と笑いながら聞いていた父が、実は翌日学校へ出向き、音楽の先生と会っていたことを、あとになって私は知った。

それでも私は翌日から、何事もなかったかのように学校に通いつづけた。しかし、心のある部分は深く傷ついていた。だから、社会の時間にちょっとでも宗教に関する話が出ただけで、身も心もこわばってしまい耐えられなくなった。
四、五年と時が過ぎ、六年生になって担任が代わった。教育熱心な先生で授業中よく討論をした。テーマは「社会主義と資本主義について」、そして次によくやったのは「宗教について」だった。私にとってのタブーである。宗教は必要か、といったテーマで意見を出し合うのだ。
私は過去のいろいろな経験から、家が「天理教の教会」であることを辛《つら》いと感じていた。できれば、みんなと同じでありたかった。そんな私がみんなの前に立って「宗教はあるべきだ」などと言えるはずがない。

討論のなかで宗教肯定派は断然旗色が悪く、私はいつも下を向いていた。そんなある日のこと、討論も終わりに近づいたとき、一人の男の子が「宗教なんて何一つ、いいところがない。悪い宗教はやめさせるべきだと思う」と言った。その子は、私が心ひそかに憧《あこが》れていた男の子だった。

そのとき、私の体を電流が走った。私は耐えきれなくなって「はいっ」と手を挙げて立ち上がり、「Aくんは、宗教は悪いと言うけれど、本当に宗教のことを知っているのですか。知っていて悪いと言うなら許せるけど、何も知らないのに悪いと言うなら、私は許さない」と言った。涙がポロポロこぼれた。

Aくんは私の言葉にびっくりして、「ア、アシダさんちのことを言ったんじゃないんだ。悪い宗教のことを言ったんだ」とかなんとか、しどろもどろに言っていたが、やがて教室は水を打ったようにシーンと静まりかえった。

そのときの私の気持ちはいったい、なんだったんだろう。小学生の私には、宗教の是非など分かるはずがない。ただ私にはみんなの言葉が、この道を一生懸命歩んでいる私の父や母に対する冒瀆《ぼうとく》に聞こえたのだ。

あんたたちにお父さんやお母さんの何が分かる。両親を侮辱することは絶対に許さない。下を向いてじっと耐えていた弱い私が、思わず顔を上げて心の叫びを上げたのは、ほかならぬ親への思いゆえだった。

かくして、六年生の間は私にとって辛い一年であった。しかしその後、その一年間がどんなに貴重なものだったかを私は知った。私は強くなった。家が教会であることをとやかく言われても平気になった。自分の意見を発表することもできるようになった。

私はときどき、担任の先生のことを思い出した。先生はなぜ、あのときあえて宗教論争をさせたのだろう。もしかしたら先生は、私のことを本当はよく分かっていたのではないだろうか。生きていくうえで、どうしても越えなければならない「人生の課題」ともいうべきものが見えていたのではないだろうか。そう思うことができたとき、私は初めてそのときの先生と、あの辛い一年間を感謝の心で受け入れられるようになった。

思いつくままに、子どもにそんな思い出話をした。そうしたら、黙って聞いていた娘が言った。

「お母さん、今日、私がした話、お父さんには言わないでね。あまりにも自分が情けないから。いつか笑い話になって自分から話せるようになるまで黙っててね。お父さんをがっかりさせたくないの」

そうだね、えいちゃん。あなたが心から尊敬し、誇りに思っているお父さんの歩んでいるこの道だから、何を言われてもきっと胸を張っていてほしい。それがお父さんを信じることだと思うから。

「問いかけ」に答えて

子どもというのは、なんであんなにいろんな質問を考え出すのだろうといつも感心する。わが家では、特に三番目の輝次《てるつぐ》がスゴイ。私も初めははりきって答えるのだが、立て続けに質問責めにあうと、少々げんなりしてくる。こやつはひょっとして、私の仕事の邪魔をするために質問をひねり出しているのではないかと疑いたくなるくらいである。

幼いころの質問は、まだまだ答えやすかった。だが、いつごろからだろう、「もしも〜だったら、お母さんはどうする？」という形式の問いかけを際限なくするようになったのである。このパターンには参ってしまう。絶句するような内容のものが多いからだ。しかし、この癖はどうやら私ゆずりらしい。私も小さいとき、母親にしょっちゅう、「もしも～だったら」式の問いかけをしつこく繰り返していたように思う。あるとき、たまりかねた母に「お母ちゃんは、そういう仮定の質問は嫌いです」とバッサリやられたのを覚えている。多分、私の想像力にリアリストの母は閉口していたのだろう。とにかく、輝次は私に似たのだからあきらめるよりほかはない。

つい最近も、こんなことを私に聞いた。食事中、「お母さん、お母さんは人だすけをするんでしょう? もしさ、世の中に食べ物がなくなってしまったとき、たった一つ残った食べ物を、かわいそうなおばあさんにあげる? それともオレたちに食べさせる?」などと言うのだ。こんなとき、なんと答えたらいいのだろう。私は、思っただけでもご飯がぐっと喉《のど》に詰まるような気がするが、なんとか嘘《うそ》やごまかしのない答えをしたいと、必死で混乱した頭の中をまとめる。しかし、マトモな答えにはならない。

「うーん、できればお母さんは、おばあさんに食べてもらえるような人間でありたいと願うけれども、うーん、実際にその場面で、どう行動できるかは正直言って自信がない。お母さんは、親としてやっぱり子どもがかわいいしね。といって、おばあさんを見捨ててしまったら、仮に生きのびられても一日として心の晴れる日などないだろうし……うーん、ゴメンネ、その場にならないと自分がどうするのか分からないわ」などと答えるのが精いっぱいである。

こんな具合に、輝次は「究極の選択」を迫るような質問を繰り返すのである。私がこのようなはっきりしない答え方をすると、「どう行動していいのか分からなければ、後を継ぐことはできないな」なんて独り言を言っていた。私は、ハッとした。彼は小さいながら自分ではそれと知らず、「人間はどう生きるべきか」を私に聞くことで自分自身に問いかけているのだ。私たちはなぜ、このほかならぬ自分の運命を生きなければならないのか、また、その運命をどのように生きるべきなのか、大人は自分たちだけが思い悩んでいるように勘違いしているが、実は、子どもたちもその真っすぐな心で、そうと知らずに探っているのだ。

長男の孝宣《たかのぶ》も中学生のころ、「神の存在」について問いかけてきたことがある。「お母さんは、『神様、神様』って言うけど、神様なんて本当にいるのか？　見たことないぜ」などと言っていた。私はこれぞ大事な場面と思い、心を込めて言葉を繋《つな》いだ。

「形に見えなければ『ない』って言えるかな？　たとえば、お母さんはお前のことをとても愛している。お前はそれをきっと心で感じているはずだよね。でも、その『愛そのもの』をお前は目で見ることができる？　できないでしょう？　見えないけれど『ある』んだよね。神様だって同じこと。『神そのもの』を見ることはできなくても、一生懸命求めていけばきっと心で体で『神のはたらき』を感じることができると思う。お母さんがお前に向ける愛と同じように……」。そう言うと孝宣は何か言いたそうにしていたが、やがて「うーん、負けた。今日《きょう》のところは引き下がろう」と言った。その顔はポッと灯《ひ》がともったように、なんだか嬉《うれ》しそうだった。子どもは本当は親に負けたいのだ。

「子ども」というと、私たちはどこか幼く未熟な者として扱いがちであるが、よく付き合ってみると、人間性の本質を問うかぎり、年齢はあまり関係がないことが分かる。大人は、生きる技術を子どもよりたくさん知っているだけである。生活者としては、いまだ未熟な子どもたちではあるが、その問いかけのなかにはとても大切なものが含まれている。

これらの問いかけに対して、私がいつも必要にして十分な答えを出せたわけではない。むしろ、中途半端な答えのほうが多かったと思う。しかし、どんなに身を切られるような問いかけに対しても、できるだけ誠実に答えようと努力してきた。そのことそのものが、子どもたちに対する私の一番の答えとなることを願って。

カップル・マシン

長男が今年、高校に入った。自転車で通える距離にある、緑豊かな美しい学校である。三年前、中学の詰め襟の制服に初めて身を包んだ長男を見たときにはずいぶん男らしくなったと感慨深かったが、高校に入って、ネクタイを結んで学校に行くようになると、さらにその思いは深くなった。

中学までは、近所の友達と一緒に連れ立って通学していた。小さいころからよく知った子たちなので、共に成長していく彼らを私も嬉《うれ》しく見つめてきた。しかし、高校を前にして、初めてそれぞれが違う道を歩むことになった。あたたかい先生や、気心の知れた仲間と別れて、新しい環境に飛び込んでいくのである。

私の高校時代はというと、一人っ子の私は寮生活に憧《あこが》れて天理高校に入学した。かつての第二東寮、古びた木造の二階家が私の三年間の青春の証しとなった。冬は練炭火鉢で暖をとり、夏はうちわ片手に座卓で勉強したものである。

一年生の秋になり、初めての文化祭が近づいていた。クラスの出し物を何にしようかと考えていたときに、「そうだ、『カップル・マシン』というのを作ってみたらどうだろう」と思いついた。後にテレビで「パンチDEデート」というのがはやったけれども、まさに流行を先取りした画期的な企画だったと思う。

カーテンで二つに仕切った箱形の部屋をダンボールで作り、シルエットだけが映るようにする。男女の入り口は別々なのでお互いの顔は見えないまま、マシンから発せられる幾つかの質問に二人が答える。その答えによって、マシンが二人の相性を判断し（といっても実際は、まったくそのときそのときのマシンの中にいる人間の気分次第なのだが）、GOサインが出たら晴れてご対面で、カップル誕生ということになる。

やってみたらこれがなかなかの人気で、行列ができるくらいの盛況だった。なかにはこれが縁となってその後、付き合いはじめた子もいて、まさに「縁は異なもの」である。

そのころ、私は心ひそかにいいなと思う人がいた。いま考えるとあれが初恋というものではなかったかと思うのだが、友達と一緒にカップル・マシンの前に並んでいた彼は、見事カップル誕生となり、女の子と二人でマシンから出てきたのだった。そのときは私も気に留めず、出し物を成功させるためにセッセと働いていた。

ところが、文化祭も無事終わり、なんだか気の抜けたようなその翌日、ぶらぶらと天理本通りを歩いていたら、なんとその初恋の彼とカップル・マシンで出会った女の子が、二人で向こうから歩いて来るではないか……。目が合ったので思わず横道にそれたが、私はあまりのショックに言葉もなかった。あの二人はお付き合いをするようになったのだろうか？　自分の考え出した出し物のせいで好きな人が誰《だれ》かと付き合っちゃうなんて、なんてバカみたいな話だろうと思うと、まったく情けない気持ちにもなり、「そうか、こういうことを『墓穴を掘る』っていうんだな」と変に納得してみたりして、心は千々に乱れた。しまいには、一緒に歩いていた女の子がそれほどチャーミングとも思えなかったので、「彼って、ああいう趣味なんだ」などと負け惜しみを言って、その日は早々に寝てしまった。いまとなれば楽しい思い出である。

思い返すと、自分勝手で人の気持ちも分からなかった私が、あたたかい仲間や先生方に恵まれて、おやさと天理の美しい四季のなか、青春の三年間を過ごせたのは本当にありがたいことであった。あのころは何も分からなかったけれど、おぢばという大きな守りのなかで私はお育ていただいたのである。

そんな私の高校時代と、東京で地元の高校に通う道を選んだ長男とでは、やはり大きな差があるだろう。楽なように見えても自分に対する責任ははるかに重いと私は思う。よほど自分をしっかり持っていないと周囲に流されてしまうし、かといって孤高の人では友達などできない。一つひとつ考えながら行動しなければならないのだ。それが彼の選んだ道なのである。

入学して二カ月ほど経《た》ち、高校生活にも慣れてきたころ、学校から帰ってきた長男が「今日《きょう》、よっちゃんに会ったよ」と言った。

「よっちゃん」とは長男の幼稚園のときの友達である。学区が違って小学校から別れてしまった。高校も別だが共に自転車で通っている。どこかでバッタリ出会ったのだろう。

「お母さん、よっちゃんたらさ、オレのこと、『ああ、ぼうちゃん』って大きな声で呼ぶんだぜ。友達もいたしさ、まいっちゃった」と笑った。

「ぼうちゃん」とは、長男の幼いころの呼び名である。今はもう誰も呼ばなくなった愛称で呼ばれて、ちょっと照れくさい気持ちだったのだろう。

「でも、オレ、嬉しかったよ」と、ちょっと遠くを見るような目をしてポツンと言った。

みんな大きくなって、好むと好まざるとにかかわらず、それぞれの道を歩み、傷ついたり、傷つけたりしながら大人になっていく。もう、二度と昔のままの「よっちゃん」にも「ぼうちゃん」にも戻れないのだが、懐かしい記憶が、まだ生きることとの重さを知る前の無邪気な自分を取り戻してくれるのだ。

大人になることは成長し変わっていくこと。でもその奥にかつて私たちが持っていた、人の心を打たずにおかないキラリと光る美しいものを、これから大人になっていく子どもたちも、そして、もう大人になりきってしまった私たちも、どこかで持ち続けていられますようにと、そう願わずにはいられない。

何か捧げてみませんか？

上の息子が高校一年生の冬休み、初めてアルバイトをした。郵便配達のバイトである。赤い自転車に乗って毎日楽しそうに出かけていった。頭を使うより体を使うほうが好きなのである。ある日帰ってきてこう言った。「今日《きょう》、天理教の家があったよ」

「あら、どうして分かったの？」と聞くと、「郵便物に『天理時報』があって配達したんだ。おじさんが庭で掃除していたから、オレ話しかけたんだ。『おじさん、天理教ですか？』って。そしたら『そうだよ』って言ったから『オレんちも教会なんです』って言ってさ、しばらく二人で立ち話してたんだぜ」。

「嬉《うれ》しかった？」と聞くと、「うん、なんとなくね」と笑った。

かと思えば、「でかい犬がいる家ってヤダよなぁ……」などとぼやいて帰ってくる日もあったが、冬休みの間セッセと配って、彼にしては大きな金額のお給料が出た。「オレって、スゲェ金持ち」などと調子づいて、本人は大変なご満悦だったが、そこですかさず、私は言った。「あなた、それお供えしなさい」。すると息子は腰を抜かさんばかりに驚いて、「えーっ、そんなぁ、マジかよ、お母さん」と言うので、「初めて貰《もら》ったお給料を、みんな自分のために使っちゃうのはもったいないよ。好きな物を買って、いつのまにか泡のように消えてしまう。でもね、神様に捧《ささ》げたらそれは尊い真実として消えないのよ」と言った。すると彼は「そりゃ、お母さんの言うことも分かるけどさー、頼むよ。カンベンしてくれよ。オレだって高校生になれば欲しい物だってあるんだよ」と絶叫していたが、私はいいとも、ダメともそれ以上は言わなかった。いくら親でもお給料を取り上げるようなことはできない。お供えというのは気持ちが添うてこそ、神様にもお喜びいただけると思うのだ。

さて、どうするのかなと黙って見ていたら、しばらくして彼はお給料の半分をお供えしてくれた。それからどういうつもりか、「父母へ、御礼」と書いて私たちにお小遣いをくれた。日ごろ、親がお金を持っていないのを彼はよく知っていたのだ。それから妹と弟にそれぞれＣＤやゲームソフトを買ってやり、おじいちゃんとおばあちゃんに好物を、教会に住み込んでくれている人たちにも、それぞれプレゼントを買っていた。それで彼の初めての給料は全部消えた。私は息子をあらためて見直したのだった。

私は三人の子どもたちに、お年玉やらお小遣いを頂くたびにお供えをするように言ってきた。

あるとき、下の息子が「お母さん、どうしてお供えしなくちゃいけないの？」と聞いてきたことがある。そこで私はこう言った。「なんでこの人はお年玉をくれたんだろう。あなた、何かこの人に喜ばれるようなことしたの？」と聞くと、「ううん」と首を振る。そこで「そうだね、この人は、きっとお父さんにお世話になったから、そのお礼の気持ちであなたをかわいがってくれるんだね。でもそのお父さんは、親神様やおやさまのおかげでおたすけができるんだね。私たちは最後はみんな親神様に戻るんだよ。親神様からたくさんのものを与えていただいているからこそ、あなたも『捧げて生きる』ってことをしなくちゃいけないのよ」と言うと、それなりに納得して聞いていた。

お金ばかりではない。私自身を含めて、現代人はすべてのことに対して「捧げる」ということを忘れてしまったのではないかと思うことがある。「自己犠牲」などと言うと、まったくバカげたことのように思っている人がいる。だが、子が親を大切に思うのは、自分のために親がどれほど自己を犠牲にして尽くしてくれたかを知っているからである。スマートな生き方は見た目にはカッコイイ。けれども、そんな生き方は、最終的にやっぱり人からもスマートにあっさりと片づけられる。真実に捧げた分だけ人は捧げられるのだ。

先日、私どもの教会の会長就任奉告祭があった。夫が四代会長に就任したのだ。早くから野外パーティーを企画していたのに長期予報では大雨だという。教会に繋《つな》がる一人ひとりがこれほど、天気予報を気にしたことはなかっただろう。てるてる坊主がズラッと教会の軒に並んだ。案の定、夜更けまでどしゃ降りだった。だが、朝、目が覚めてみたら嘘《うそ》のような五月《さつき》晴れになっていた。皆、素晴らしいお天気のご守護にただただ感謝するばかりであった。

その夜、お賽銭《さいせん》箱に小さなのし袋が入っていた。そこには丁寧な字で「五月五日、晴天の御礼、えい子」と書いてあった。今年、高校に入った娘の字である。お父さんの大切な晴れ舞台、なんとか晴天にしてくださいと、きっと毎日お願いしていたのだろう。そして晴れと分かった朝、いの一番に神様にお礼をしてくれたのだ。私たちがお願いをするばかりでお礼を忘れていたときに、娘だけが少ないお小遣いの中から、お礼のお供えをしてくれたのである。

その夜、私は、娘のささやかな、そして比類のない真実に心の底から嬉し涙が込み上げてきたのだった。

「心の握手」をするとき

先日、珍しく夫と二人、街を歩いた。

「腹が減ったなぁ」「ホント……」。考えてみれば、忙しくて昼も夜も食べていなかったのである。例によって「安くて早い」ファストフードの店に入ろうとしたら、そこでハタと夫の足が止まった。「コレ、どこでやってるんだ」と辺りを見回している。すると私にも、歯切れのいいドラムの音が聞こえてきた。ジャズ喫茶の呼び込みの音楽である。急に夫の目がいきいきと輝きだした。彼は学生時代、ジャズに夢中で暇さえあればトランペットを吹いていた。

このところ、忙しさに身も心も疲れきっていた夫に、少しでも息抜きをしてもらいたいと思った私は、「行ってみましょうよ」と誘った。最初はちょっと尻込みをしていたが、なんとか引っ張って行ってみたら、そこは十年も大掃除をしていないのではないかと思われるほど汚い店だった。しかし、夫の目は輝き、「何年ぶりかなぁ……」と実に嬉《うれ》しそうである。結婚して以来、ジャズ喫茶には一度も行っていないのだから、少なくとも二十年は経《た》っている。

私は学生時代のことを懐かしく思い出した。ジャズ好きな夫とは反対に、そのころの私にはジャズは騒音でしかなかった。だから、彼の仲間同士の話を聞いていてもチンプンカンプン。誘ってくれた演奏会も、正直言ってちっとも楽しくなかった。こんなときは、なぜか惨めな気持ちになるものである。

だが私は「彼の言っていることが分かるようになりたい」という一心で、嫌いなジャズを我慢して聴くようになったのだった。「ジャズの本」なども買ってきて読んだ。考えてみれば、音楽が本で分かるはずがないのだけれど。

私は、自分だけがそんな努力をしているのだと思っていた。ところがある日、彼の本棚に谷川俊太郎《たにがわしゅんたろう》の詩集を見つけた。「あら、こんな本読むの？」と私が聞くと、夫は真っ赤になって照れくさそうに「うん」と言った。彼はおよそ詩に興味を持つような人間ではなかったのだが、詩や文学を好んだ私のことをやっぱり理解したくて、好きでもない本を買ったのである。私はなんだかおかしくなってしまった。

いま考えると、当時はお互い、素直で一生懸命だったなと感心してしまう。愛する者と心を通わせるためなら、苦手なことでもプライドを捨てて、チャレンジしてみようというひたむきさがあったのだ。

長男が小学生のときのこと、ちょうどはやり始めたファミコンに夢中になっていた。私はやったこともないのに頭からファミコンはダメと決めつけていた。ところが何かの拍子に、私もやるはめになってしまった。たしか「高橋名人の冒険島」というゲームだったと思うが、いざやってみると、さっぱりできない。がっかりした私は「よし、うまくなって驚かせてやろう」と一念発起。子どもたちが寝静まってから、こっそり練習をしたのだった。そこへひょっこり起きてきた長男が私を見つけて素《す》っ頓狂《とんきょう》な声を上げた。

「お母さんがファミコンしてる！」

ふだん、「やめろ、やめろ」とうるさい私が、夜中に必死でやっているのだから、子どもにとってこれほどびっくりしたことはないだろう。だが、そのときの子どもの顔はとても嬉しそうだった。私がファミコンをやることは、ある意味で、彼と「心の握手」をしたことになるからである。

好きでもないジャズを聴き、やりたくもないファミコンをやるのには、どこかで自分を捨てる勇気と努力がいる。これは、簡単そうで意外に大変なことなのである。

だが、夫婦でも親子でももし心を通わせたいと願うなら、大切なのはちょっとだけでいいから自分の思いやプライドを捨てて、相手の心に添ってみようという素直な気持ちではないだろうか。

結婚以来二十年、私もちょっと昔のひたむきさを取り戻す必要がありそうだ。

見知らぬあなたの向こうには

子どもの成長は早い。ペットのように皆にかわいがられていた末っ子の輝次《てるつぐ》が、いつの間にか大きくなり、都心の夜間大学に通うようになった。授業が終わるとそのまま近くの割烹《かっぽう》料理屋で朝まで働き、始発電車で二時間かけて家に帰ってくる毎日だ。

ある朝帰ってきて「実は大変だったんだよ」と言う。

深夜、大声でたすけを呼ぶ声が聞こえたので、店の人と外へ出たら路上で若い女の子が男に襲われかけていた。周囲に人がたくさんいるのに、皆素知らぬ顔で通り過ぎていく。なかには、タバコを吸って見物している人もいたという。たまたま店の人が持っていた笛を思いきり吹いたので警察と思ったのか、一瞬男がひるんだ。息子が「やめろ！」と大声で叫びながら飛びかかっていくと、男は全速力で逃げ出した。

「オレさ、なんだかその女の子がお姉ちゃんに思えてさ、必死で追いかけたんだ」。以前、危うく難を逃れた姉のことをとっさに思い出し、怒りが込み上げてきたのだという。男は細い路地裏に駆け込んでそのまま逃げた。

事の顛末《てんまつ》を聞いた私は、「その女の子を見過ごしにしないでくれて、本当にありがとう。お母さんはすごく嬉《うれ》しい」と言った。姉もまた、見ず知らずのその女の子がたすかったことを、まるで自分のことのように喜び、弟が姉への思いからそのような行動をとったことに、心を打たれたようだった。

何年か前のことだが、二男が高校生のころ、自転車に乗っていて交差点で車に当てられたことがあった。ケガはたいしたことはなかったが、自転車は破損した。思いきり運転手をにらみつけたら、中年の女性が真っ青になって顔を引きつらせていたという。「そのときなんだか、その顔がお母さんに見えたんだよなぁ」とあとで息子が言っていた。そしたらいっぺんに怒りが消えて、思わず笑顔になった。自転車を弁償すると言ってくれたけれど、「いいです、大丈夫です」と言って帰ってきたという。

「いつかどこかで、お母さんも同じようなことをしてしまう日があるかもしれない」と思ったら、「もしそんな日が来ても、どうかお母さんが許してもらえますように……」と祈る気持ちになり、相手の人を責められなくなったのだ。見ず知らずの女の子の苦境に姉の姿が重なり、母への思いが交通事故の相手に対する思いやりにつながった。

ある日、高齢の母を連れて病院へ行くと、看護師さんがじっと母を見つめて微笑《ほほえ》み、「お幾つですか?」と話しかけてきた。自分にも年老いた母親がいるという。田舎にいるのでめったに会えないし、なんの親孝行もしていないのだと悲しそうな顔で言った。

それから病院へ行くたびに母にやさしい言葉を掛け、親切にしてくださった。

母の向こうに遠くにいる自分の親の姿を見ているのだ。

殺伐《さつばつ》とした時代にあって、人とどう関《かか》わっていくかは難しい問題だと思う。深夜の繁華街ではたすけを求められても、ヘタに関わるとわが身に危険が及ぶ。だが、それでも見過ごしにできないのは、その向こうに愛する者の姿が重なるからだ。

生前、父がテレビの画面に映った飢餓《きが》に苦しむ外国の子どもたちを見て私を呼び、「お前ら、これをどう思うか。かわいそうに。みんなてる（二男）みたいな年ごろじゃ」と涙を流していたことがある。遠い国の子どもたちのつぶらな瞳に孫の顔が重なったのである。

愛は連鎖を呼ぶ。身近な者への愛が「他人」という壁を越えて広がっていったとき、きっといまよりもあたたかい世の中になっていくだろう。

あなたは私のタカラモノ

ある男の子が大人になって、いろいろな問題行動を起こすようになった。発達に障害のある彼のことを心配しながら、母親は彼を遺《のこ》して逝《い》った。母親の死は、さらに彼の行動に追い打ちをかけた。

あるとき、とても荒《すさ》んだ顔をしてやって来た。父親に殴られたのだという。口でいくら言っても分からないので、つい手が出たのだろう。なんとか父と子の心を繋《つな》ごうといろいろ話していると、彼がこんなことを言った。

「お父さんは、オレが生まれたとき『なんだこんなやつ、いらないよ』って言ったんだ。オレなんか生きてたってしょうがないんだ」

おそらく、大きくなってから誰《だれ》かに冗談半分で言われたことが、耳に残っていたのだろう。

母親のいない寂しさのなかで、父親に殴られた彼は親から愛されていない自分は生きている価値がないと思ったのかもしれない。私は彼の気持ちがよく分かった——。

私は二歳半で芦田家の養女になった。十五歳でそのことを知ったとき、私の心は揺らがなかった。親の心を疑うことを知らなかったのだ。しかしあるとき、私の心に一点の曇りができた。長男を出産し、さらに長女を授かり、彼女が二歳を過ぎたころである。そのころの女の子のかわいらしさはたとえようもない。子育ての楽しさに心が弾む毎日だった。

そんなある日、「私って、ちょうどこんなころに養女に来たんだ」と、ふと思ったのである。「お母さんはよく私を手放すことができたなあ。私にはとてもできない」。そう思うと、そのときに初めて「もしかしたら私って〝いらない子〟だったのかしら……?」と、そんな疑念が湧《わ》いてきたのだ。

その思いは長きにわたり、消えては浮かび、浮かんでは消えた。

それから十年以上が経《た》ったあるとき、私は生家の父親の年祭に参列するため生まれた家に帰った。私に記憶はなくても、当時の私を知る人は大勢いて、あたたかく迎えてくれた。皆と談笑していたとき、ある人がじっと私を見つめながら、「小さいときの京子さんはほんまにかわいらしゅうて、うちらみんなの宝物でした」と言った。一瞬、コーヒーカップを持つ私の手が止まった。「タカラモノ？　養女に行ったこの私が？」。母親は宝物の私を芦田家に養女に出したというのだろうか。

「宝物」。漢字で書けばたった二文字のこの言葉が私の人生を再び変えた。私は望み通りの学校に入り、思い通りの人と結婚してかわいい子どもにも恵まれた。しかし「もしかしたら〝いらない子〟だったのかもしれない」という小さな仮定は、そんな私を打ちのめすほどの力をもっていた。だからこそ「宝物」という一言は、まるで天の恩寵《おんちょう》のように私の心に染《し》みていったのだった。街を行く見ず知らずの人にさえ、「私って宝物だったんですって！」と言って回りたい気分だった。

「オレなんか〝いらない子〟なんだ」という言葉を聞いたとき、私はかつての自分を思い出し、彼の気持ちが手に取るように分かった。そして、そのことを彼の父親に伝えた。「そんなこと言うわけないじゃないか」。父親は息子を深く愛していたのだ。それから父と子に何があったのか知らないが、次に会ったとき、彼の荒んだ表情はすっかり影を潜めていた。

心を痛める悲しい事件があとを絶たない。なんでこんなことが起こってしまうのかと胸塞《ふさ》ぐ思いになる。悲しい出来事の背景には語り尽くせないものがあるだろうが、すべてとはいわないまでも、そうした事件を引き起こした人たちは、親から心を込めて「あなたはかけがえのない私の宝物よ」と言われたことがあるのだろうか。

「親と子」。人生で最も深い命題である。

第二章

幼い門出

八王子へ

大きな乗用車が西日を浴びながらゆっくりとゆるい坂道を上っていった。いまにも山の稜線《りょうせん》に沈んでいきそうな夕日は、これまで見たこともないほど大きく感じられた。「お日さまをじっと見ちゃダメよ」と誰《だれ》かが私に言った。目黒《めぐろ》にあった教会が八王子《はちおうじ》へと移転するときの私の脳裏に残っている光景である。

昭和三十六年一月、まだ教会の前の道は舗装されていなかった。東京オリンピックで自転車ロードレースに使われ、初めてアスファルトに舗装されたのだ。

目黒の教会は、五差路に面した賑《にぎ》やかな場所にあった。目の前はお寺の境内で、教会の脇道の奥にはお稲荷《いなり》さんがあり、少し歩くとサレジオ教会もあった。八王子に移転してみたら、やはり教会の前には日枝《ひえ》神社があり、かつてはお稲荷さんも祀《まつ》ってあったという。どちらも神仏に縁の深い場所である。

目黒の教会の前には交番があり、父はしょっちゅう、お巡りさんと囲碁や将棋をやっていたという。日本がまだ十分にのどかな時代であった。私は一度だけサレジオへ連れていってもらい、長い大きなブランコに乗って遊んだ。外国人のシスターが私の頰《ほお》をちょっとつねって微笑《ほほえ》んだ。

少し歩くと商店街があった。私はある日、信者さんに貰《もら》った十円玉を握って、一人で文房具屋さんに行った。きれいな女の子の絵が描いてあるお絵かき帳が欲しかったのだ。知らない人とはまったく話ができないほど引っ込み思案の私にしては、珍しく勇気を振り絞ってお店に行ったのだ。「ごめんね、十円じゃ買えないのよ。今度はちゃんとお金を持ってきてね」と言われて、しょんぼり帰ってきたのを覚えている。

目黒の教会は、街中にあったので住み込みの人も大勢いて、人の出入りも多かった。事情教会を復興するという父や母の努力は実り、苦しい台所事情ながらそれなりに教会はその体裁を整えていっていたと思う。そんななかで父は、八王子移転を決意した。

当時の感覚としては、移転場所としての八王子は、目黒からはあまりにもかけ離れた場所であった。なぜ八王子まで来《こ》なければいけなかったのか。そのころは周囲にはほとんど家もなく、まったくのどかな田園地帯であった。周りは多摩《たま》丘陵に囲まれている。それは私の小学校入学の直前といってもよい時期であった。それまでも私は人見知りで人と交わることが苦手だった。まして幼稚園にも行っていなかった私が、知っている友達の一人もいない八王子でいきなり小学校に上がることは、かなり酷なことだった。

入学式の日、初めての団体生活に何をどうしていいか分からなく、「一組の人、立ってください」と言われて、子どもたちが一斉に椅子《いす》を鳴らして立ち上がったとき、二組の私も慌てて立ってしまい、どうしていいか分からずに泣きだしてしまったことを覚えている。「おしっこ」と嘘《うそ》をついて外へ出た。母に宥《なだ》められ、慰められて、なんとか入学式を終えたのであった。

毎朝、近所のお姉ちゃんが迎えに来てくれて一緒に学校に行った。行くときから半泣きの私は、学校に着くとすぐに机に突っ伏して泣いていた。すると一人の男の子がやって来て、「おい、起きろよ、起きろよ」と私の肩をゆすった。寝ていると思ったのだろう。私は、そっとしておいてと心の中で叫びながら、いつまでもゆすりつづける男の子に、しかたなく涙でグシャグシャの顔を見せなければならなかった。

八王子には私のことを知る人は、誰《だれ》一人いなかった。

小学校の二、三年生のころだろうか。「お父ちゃん、私、今度からお父ちゃんのこと、お父さんって呼ぶことにするね」「なんでや？」「だって、学校のみんながそう呼んでいるから」

関西では、お父ちゃん、お母ちゃんと呼ぶ人が多いが、東京では圧倒的にお父さん、お母さんである。父は北海道出身だが、青年期のころから奈良県で暮らしていたし、母はもともと関西人だったので、二人にとってお父さん、お母さんは、逆に違和感があるのかもしれなかった。

「そうか。お父ちゃんはいままで通りがええなぁ。お父さんって呼ばれたら、急に京子が大人になったみたいで寂しい」と言った。それでも私は努力して呼び名を変えるのに懸命だった。ちょっと大人びて、「お父さん」と呼ぶのはなんだか気恥ずかしかったが、うっかり友達の前で「お父ちゃん、お母ちゃん」などと言って笑われるのはもっと嫌だった。

父は、私の幼いときから、早く一人前の教会の跡取娘《あととり》に育てたいという気持ちが強かった。そういう点では、少し性急とも思える育て方をした。しかし一方、いつまでも何も知らない子どものままでいてほしいという思いもあった。大人に近づいていくことは、父や母にとって私が「ある真実」に近づいていく道筋でもあったからだ。

祖父との出会い

私には母が二人いた。

私の生母と芦田の母とは従姉妹《いとこ》になる。生母の母親は芦田の出であった。私が養女になる話は祖父から始まったと聞く。祖父が私の生家の教会へ月次祭《つきなみさい》の講話に来た。そこにまだ二歳の私がいた。小さいときの私は、男の人が苦手で、男の人の顔を見ただけで泣くほどだったのに、それがなぜか初めて会ったときから祖父にはなついて、そばから離れようとしなかった。

その様子に、いつもの私を知る人々は驚いたという。皆が月次祭の祭典で出払ってしまって客間に祖父が一人でいると、誰《だれ》に言われたわけでもないのに、ガラスのお皿にヘタをつけたままのイチゴを三粒のせて、祖父に持っていったそうだ。祖父は驚いて「なんとこの子は……」と思って私を見つめたという。このとき生母は、祖父と私の不思議な縁を感じたと、後に語っていた。

高校生になるまで真実を知らなかったが、成人して後は、祖父がいろんな話を聞かせてくれた。「皆が喜んで、喜んで、喜びのなかに京子が来たのだ」と話してくれた。祖父のそのときの声と顔はいまも忘れられない。

その後、私は芦田家の養女になるときのいきさつについて、祖父からの話ばかりではなく、ほかにもいろいろと聞かされた。

母は「お父ちゃんが何かの折に、誰かに『お前んとこの子、俺《おれ》にくれよ』って言わはったらしい。本気やったかどうか分からへんけど、どこからかその話があちらの家に伝わって、まったく血縁のないところから貰《もら》うよりは、繋《つな》がりのあるところからのほうがいいだろうということで、京子に白羽の矢が立ったんやて」と言った。

芦田の祖母は晩年、体を悪くして入院していた。私が母と交代で付き添っていたときに、何を思ったのかこんなことを言った。「京子、お前のほんまのお母さんはきれいな人やった。子どもさんがたくさんいてるのに、ご主人を早く亡くして苦労しはったんや。大変やったから一人でもすけて（手伝って）くださいと頼みに来はった。それでお前が貰われてきたんやで」。祖母は自分も高《たか》安《やす》の松村《まつむら》家から芦津《あしつ》の井筒《いづつ》家へ養女に行ったので、私とは似たような運命の人だった。入院中に自分のこれまでを振り返って思い出話を私に聞かせてくれていたときのことである。祖母はなんの悪気もない人だった。私は童女の心そのままに年老いていった祖母が好きだった。

祖父は以前「大教会の教祖殿当番をしているサカエ（祖母）のところへ初めて京子を連れていって、『芦田の子になるんやで』と言ったら腰を抜かして驚いとった」と笑って話してくれたことがある。私の聞いている話とは違う。多分、おばあちゃんは勘違いをしているのだと思った。

二人きりでそんな話をするのならなんとも思わなかった。だが、カーテン一枚を隔てた隣のベッドには、いつも挨拶《あいさつ》を交わす奥さんがいた。その奥さんに聞かれたことが情けなかった。私は祖母に言った。「ふーん、そうなの。知らなかったわ」。そしていつものように付き添い、時間になったので隣の奥さんに声を掛け、病院をあとにした。病院を一歩出たとたん、涙が溢《あふ》れた。無性に悲しかった。一晩だけ泣いて、翌日からいつもの通り病院へ通った。

本当のところ、どうなのかということをあまり詮索《せんさく》しなかった。どんなことを聞かされても、私は祖父が楽しそうに嬉《うれ》しそうに語ってくれた「京子が芦田へ来たときの話」だけを信じていた。「みんな知らないんだ、私はおじいちゃんからちゃんと聞いている」と思った。祖父のあたたかい笑顔と私への語り掛けは、どのような真実をも凌駕《りょうが》するほど私の心を満たしてくれたのである。だから私は養女に来たことを少しも惨めと思わなかった。だって私は「皆の喜びのなかにあった」のだから。「京子に靴を買ってやって『きょうこ』と名前を書いてやったら『あしだきょうこ』となぜ書かんといって怒りよった」と笑いな

あしだ
きょうこ
あしだ
きょうこ

がら祖父が話していたのを思い出す。私はあまりにも早い第二の人生をまず、祖父芦田義宣《よしのぶ》の孫としてスタートしたのである。

きみちゃん

二十歳の成人式を迎えた私は、祖父が選んでくれた振り袖を着て、祖父や両親と共に生家へと向かった。自分の記憶のなかでは初めて生まれた家へ行ったのである。生家の人々に成長した私の姿を見せに行く父や母は、そのときどんな気持ちだったのであろう。嬉《うれ》しかったのか、寂しかったのか、不安だったのか……。「きみちゃん」もその日、生家で私を待ってくれていた。

私の子ども時代の話をするのに、欠かすことのできない大切な人がいる。それが「きみちゃん」である。夫を亡くし、教会長となって多忙のきわみにあった生母に代わって、きみちゃんは私の生家の教会に住み込み、十七歳で私の一切の世話をしてくれた人である。きみちゃんは京都から東京の芦田家へ籍を移すときも、生母から託されて私に付いてきてくれた。そして半年間、私が新しい環境に慣れて、父や母になつくまでそばにいてくれたのである。

ここに一枚の写真がある。教服姿の父が泣いている私をあやし、私は母にしがみついている。泣きながら私の手は母の着物の襟元へ入っている。多分、母の乳房を触っていたのだろう。

当初、私はまったく母になつかなかったという。大泣きをしては鏡台の上の物をひっくり返し、「赤い羽織のおかあちゃんは嫌いや。京子のおかあちゃんは黒い羽織を着てはるんや」と叫んで、母をまったく寄せつけなかったという。生母は教会長として常に黒の羽織を着ていたらしい。母は「私、これ脱ぐわ」と言って赤い上っ張りを脱いでいたと、きみちゃんが言っていた。あまりにも私の抵抗が激しかったので、「やっぱり無理なのかしら」と母が弱音を吐きかけたとき、きみちゃんが「奥さん、おっぱいを触らせてあげてください」と言ったそうだ。いつのときも肌の温《ぬく》もりは心を癒《い》やしてくれるのだろう。それから徐々に母と私の関係が変わっていったのだと、きみちゃんが教えてくれた。

　半年ほどして、きみちゃんが帰らなければならない日が来た。父も母も「京子には何も言わずにそっと帰ってほしい」と言ったらしいが、きみちゃんは「それは嫌だったの。ちゃんと言ってからお別れしたかった」と後に語ってくれた。

「京子ちゃん、きみちゃんね、もう行かなくちゃならないの」「なんで？　きみちゃん、どこ行くん？」「きみちゃんね、今度幼稚園にお勤めするんよ。だから、これからずっと幼稚園にお泊まりせんならんの」。そんなやりとりをしたときみちゃんは言った。どんなふうに別れたのか記憶にない。きみちゃんのことも忘れた。ただ成人してあらためてきみちゃんに会ったとき、懐かしい「きみちゃん」という音の響きとともに、なぜか「きみちゃんは幼稚園にお泊まりする」という暗号のような言葉だけを私は覚えていたのだった。それはどういう意味なんだろうと聞いたら、きみちゃんは涙を浮かべて、別れのときにそう言って、小さな私に繰り返し繰り返し言い聞かせたことを話してくれた。

　生まれた家に別れを告げ、今度はきみちゃんとの別れを乗り越えるために、小さな私は「きみちゃんは幼稚園に泊まらなければならない。だからもう一緒にはいられないんだ」と、一生懸命自分に言い聞かせたのだろう。それが記憶の片隅に残っていたのだ。

心定め

父と母はよく夫婦げんかをした。けんかといってもいつも父の全戦全勝だった。私は母がかわいそうでならなかった。父は細かいところまで実によく気がつき、人の心の動きにも敏感だったが、母はそういった点ではおおらかだった。

ある日、例によってなんだか雲行きが怪しくなってきたとき、父がいきなり「京子はお父ちゃんとお母ちゃんとどっちが悪いと思う?」と聞いてきた。私はたとえ原因が母にあったとしても、父が悪いと思っていた。父が圧倒的に強かったからだ。だが、父を前にしてそんなことはとうてい言えなかった。蚊の鳴くような小さな声で「お母ちゃんが悪い」と言ってしまった。そのとき、母はにっこり笑ってからつと席を立った。台所に行くと母は泣いていた。母はめったに泣いたりしなかった。「お母ちゃん、どうしたの?」と聞くと何も言わずに涙を拭《ふ》いた。私は私の言葉が母を泣かせてしまったことを知っていた。子どもなりに自分の弱さが悲しかった。母を守りきれない自分を大嫌いだと思った。

おそらく「私」という存在を挟《はさ》んで、父も母もいろんな思いが交錯していたのだろう。しかし、そのときの母の様子に一番心を痛めていたのはおそらく父だったと思う。それからだろうか、父は自分が怒っておいて母が傷ついていると思うと、すぐに私を呼んで「お母ちゃんのところへ行ったれ」と言うようになった。私は小さいながらも「怒ってばかりいるけど、お父ちゃんはお母ちゃんのことを心配している」ことだけは分かるようになった。

そのころは父も母もまだ若かった。私と一緒に芦田家に付いてきてくれたきみちゃんは、「奥さんは、本当によく会長さんに仕えておられた」と言った。朝の洗顔のときには、歯ブラシに歯磨き粉をつけて用意しておき、父の洗顔中はタオルを持って後ろに控えていたという。

「あるとき、お父ちゃんが若いもん連れて出ていかはってん。帰ってきはったら着物の袖が片方あれへん。けんかに巻き込まれて、ひと暴れしてきはったんやて……」と母が楽しそうに語ってくれたことを覚えている。母は、苦労しながらもそんなガキ大将のような父を愛していたのだと思う。

「初め、奥さんは京子ちゃんに冷たかった」と当時を知る人は言った。むしろ父親のほうになついていたらしい。少しも嫌がらずに、父と二人で夜行列車の大和《やまと》号に乗って、おぢば帰りをした。「帰ってきたとき、品川《しながわ》の駅に迎えに行ったら、おでこに大きなアセモの寄《よ》りをつくって帰ってきて、びっくりしたことがある」と母は笑った。父にはやはりアセモの手当てはできなかったのだ。

父は時たま、祖父や友人たちと麻雀《マージャン》をすることがあったが、私は麻雀をしている父の膝《ひざ》の上で眠ってしまうらしかった。麻雀のパイを積んでいると、どうしても一枚足りない。「机の下やら座布団までどけて捜してもないと思ったら、お前がちんこい手にしっかり握って眠っとった」と父は懐かしげに聞かせてくれた。そうしているうちに、いつの間にか私は母親になついていった。母が私を心から受け入れ、私を愛するようになっていったからだと思う。

父が亡くなって十年になるが、それから母はいろんなことを語りはじめた。初めのうちは「この子がいるために、この子がいるために」と養女に来た私のことをむしろ恨めしく思ったこともあると言った。なぜかというと、それは、私を貰《もら》うにあたっての父の心定めにあった。父は私を養女にする際に、夫婦生活を断つことを神に誓ったのだった。それは、父の一方的な申し渡しであったと聞く。

後年、父は私に言った。「そうでもしなければ、本当の親子にはなれないと思った……」と。夫であり妻であることをやめて、父になり母になって生きることを決意したということなのだろうか。大学生になっていたとはいえ、その事実を知ったときの衝撃は言葉にすることができない。父は言った。「お母さんは人生の半分はお父さんに捧《ささ》げてくれた。だが、お前が来てからはお前のために生きた」と。

養女に来てしばらくして、小さな私が肺炎になった。高熱を出し、「モミジのような手を胸に当てて苦しがってのう。そのときに、夫婦してさんげしたんや」と父は話してくれた。「そんなお前を見ていて、この子もかわいそうな子なんやなと思った」と母は言った。それまでは自分のことしか考えていなかったと。それから気持ちが切り換わっていったという。そんなふうにして徐々に私たちは親子になっていったのである。そしてやがて、母は私にとって誰《だれ》よりも素晴らしい母になっていった。

あるがままを受け入れて

「ただいま、お母ちゃんは?」。私は学校から帰ってくると必ずそう言った。父が何かの折に、「たまにわしが家にいて京子の帰りをいまかいまかと待っとるのに、帰ってきたとたんに、『お母ちゃんは?』や」と言っていた。私は一刻も早く母の顔が見たかった。母は教会の用事で出かけていて、私が帰ってくるといないことが多かった。だが必ず置き手紙がしてあった。どんなことが書いてあったか忘れたが、多分おやつのことや、何時ごろ帰るとかそんなことが書いてあったと思う。

あるとき、「はい、おみやげ」と言って本を渡してくれた。少女向きの単行本である。字が読めるようになった私は大喜びで夢中になって本を読んだ。母は私が本が好きだと分かると、それからたびたび買ってきてくれるようになった。ほとんどが少女を主人公にした明るく楽しい英米文学の本であった。母は私が一人っ子で遊び相手もけんか相手もいないことを何かで補わなければいけないと考えていたようだ。「本屋さんで京子に本を選んでいるときは、うちもほんまに楽しかった」と母は言った。

学校から帰ってくると、珍しく家にいた母が何かを手に持って急いで隠れることがあった。私が「何？　何？」としつこく問いつめると、しぶしぶ作りかけのビーズのネックレスや指輪を出した。綺麗《きれい》に仕上がってから見せて喜ばそうと思っていたのだ。器用な母は細かいビーズに糸を通して、とても綺麗なアクセサリーを作ってくれた。友達が羨《うらや》ましがったほど素敵なものだった。母は私をじっと見守りながら、その時々に私の必要な物は何か、あるいは何を望んでいるのかをいつも考えていた。

中学三年生になると、母はそのころの女の子たちが競って買っていた「少女小説」をときどき買って帰った。思春期の女の子が胸をときめかせながら読むたぐいの本である。私はとても不思議だった。「うちのお母さんは、どうしてこういう本を私に買ってくれるんだろう」と首をかしげた。

いま思うに母は、おそらく「……は、こうあるべきだ」という考え方をしなかったのではないか。私に対しても、目の前で生きている「私そのもの」をそのまま受け入れようとしてくれた。「母であること」は母にとって当たり前のことではなかった。大きな犠牲をはらって、母になるために言うに言えない努力を積み重ねてくれたのだ。

幼い門出を果たし、自分がどこへ向かっているのかも、しかとは分からないまま、私という小さな命は周囲の人々を巻き込んで走りだしていた。

第三章

ああ結婚

赤い糸

私と夫は幼なじみである。三、四歳のころにすでに出会っている。夫の両親の仲人は芦田の祖父母であり、家同士の繋《つな》がりは深かった。とはいえ、夫は六人兄弟の三番目、私は一人っ子であり、また彼の家は教会であったが、父親が大きな病院の理事をしていた。事情教会を復興する道中のまだまだ苦しい教会内容の私の家とはいろんな点で違っていたが、夫の両親は芦田の祖父を敬愛してくださっていたので、私も小さいときから何かとかわいがってもらっていた。

あれは、私が小学六年生、夫が中学一年生のときだった。大阪の高安《たかやす》大教会で少年会の結団式があった。私が東京、彼が大阪だったので、ごく小さいときに会ったきり、そのときまで会う機会がなかったのである。数年ぶりに会った夫はなんとなく私に心ひかれたようで、結団式が終わって家に帰るときに、もう一度大教会の敷地内にある芦田の家に挨拶《あいさつ》をして帰ろうと思ったらしい。そして「もしそのときにお前に会えなかったら、これからもお前とは縁がないものと決めてたんだ。意を決して行ってみたら、案の定お前はいなかった。やっぱり縁がなかったんだ、帰ろうと思って玄関を出ようとしたら、ちょうどお前が帰ってきてばったり会ったんだよ」と結婚してから夫は言った。

目に見えない赤い糸はそのころから二人を繋いでいたのだろうか。

その次に会ったのは、天理の詰所内にある祖父の居間である。大阪の大学に通っていたのに、どうしても早稲田《わせだ》大学に行きたくて再受験した彼が念願の合格を果たし、祖父に報告に来たのである。私も東京の女子大に受かり、私たちはそれぞれ希望に燃えていた。そして東京での再会を約束したのだった。

あとで聞いた話だが、彼の姉が「東京に行ったら、きっと京子ちゃんと仲良くなるよ」と言っていたらしい。だが、もちろんそのころの私たちには恋愛感情は芽ばえていなかった。

彼にも交際していた人がいたし、やがて私も別な人を好きになった。将来はお互いに結婚しようというところまでいった。条件の整った申し分のない人だったので、父親に正直に話し、会ってほしいと言ったら、父は「京子、お前はまだ十九だ。いまはその人に夢中でも、いつかきっと気持ちが変わる。わしが会ってしまったら引っ込みがつかんだろう。だから会わん。大学卒業まで待って気持ちが変わらなかったら、そのときに会おう」と言って会おうとはしなかった。父は正しかった。もちろんそのときは父の言う通りになるとは夢にも思わなかったが、実際はその通りになったのだ。というより、不思議なことが起こった。私が好きな人を思い浮かべて「結婚」をイメージすると、なぜか彼の顔の上に夫の顔がかぶるのである。そのときはそんな気持ちはなかったのに、あれには本当に苦しめられた。いくら振り払っても登場してくるのだ。あれはいったいなんだったのか、誰《だれ》か教えてほしい。

結果的には、つまりは現在のようになった。私たちは三、四歳で初めて出会い、彼は中学一年で結び付きを直感し、彼の姉の予言通りになって、やがて私のイメージは現実のものとなったのである。しかし、結婚までは一筋縄ではいかなかった。

彼と私は住む世界が違った。彼は私にとって「向こう側の世界」の人だった。父の元に育った私は、世間的な楽しみからは程遠い世界に生きていた。一人っ子だったせいもあって、私の生活には子どもらしい楽しみはほとんどなかった。どちらかといえば、私は寂しい子ども時代を過ごしたのである。ところが、彼は私が望んで得られなかったものをみんな持っていた。というより、私は彼を通じてほしいものができた。たとえば、たくさんの兄弟がいる賑《にぎ》やかで明るい家庭、そして何より、なんでもできる自由。私は彼に対して引け目を感じないわけにはいかなかった。彼が私の住む「こちら側の世界」を認めてくれたなら、そんなにも自分を惨めだと感じないですんだだろうと思う。しかし、そのころの彼の憧《あこが》れは「向こう側の世界」にあった。もしも私が「こちら側の世界」を捨てて向こうへ飛んでいってしまえるのなら、二人で生きていくこともできただろう。だが、私は跡取《あととり》娘であった。

当時を振り返って思うのは、私は「家を出る」ことをほとんど一度も考えなかったということだ。夫も若く、私も若かった。世の中はかぐや姫の『神田川《かんだがわ》』が大ヒットしていた。夫は本気だったのかどうか分からないが、学生らしい現代的な考え方で「京子ちゃんが幸せになったらお父さん、お母さんもそれが一番嬉《うれ》しいんじゃないかな。だから、俺《おれ》と一緒にアメリカで暮らそう」と言っていた。私は「うんうん」とうなずきながら、心の中では別のことを考えていた。「私の立場はいまの彼にはきっと理解できないだろう。私たちはいつか別れなければならないのだ」。どんなことがあっても私は、家を出ていかないと、それこそ石のように固く心に決めていた。「お母さんをおいていくことは私にはできない……」。私は決して親孝行な娘ではなかったが、それでも母親が自分をただ一つの喜びとして生きてきたことくらいはなんとなく分かっていた。

私がいつも思い出したこと、それは中学の修学旅行のときのことだった。当時は団体列車で奈良、京都へ行ったのだが、集合時間がとても早く、夜明けといってもいい時間帯だったと思う。母は私を起こすのに寝過ごしたら大変と、一晩中寝ずに柱にもたれて起きていてくれた。私はそのとき、「ありがとう」の一言も言わずに修学旅行に行ってしまったが、その光景は長く私の心に残った。私はどんな理由よりも深く母のために恋も夢もあきらめなければならないと思っていたのだった。

商社マンになって海外生活をするのが夢だった彼が、思いもかけず病気になり、信仰者として生まれ変わる日が来るなどと、いったい誰が想像しただろう。そう考えると、やはり神様が赤い糸で結び付けてくださったのかもしれないと思う。

「人をたすけて…」

夫は大学四年の一年間、アメリカに留学するつもりだった。アルバイトを重ね念願のアメリカ行きの準備に身も心も打ち込んでいた。ところが、いよいよ出発間際になった最後の健康診断で、胸を病んでいることが分かったのだ。

彼はアメリカではなく、大阪の病院のベッドで過ごさなければならなかった。毎日薬を打ったのに、数カ月経《た》っても病巣は少しも好転しなかった。薬を替えても同じことだった。「なんで良くならないのだろう」と自暴自棄《じぼうじき》になりかかったころ、入院患者の間で結成されていた自治会の役員の仕事が回ってきた。病院内の患者さんたちに新聞を配って回らなければならない。

重症の長期療養者の病棟に行ったとき、重い空気の漂う中に、一人だけとても笑顔の素敵《すてき》な婦人がいた。その人の笑顔が心に残り、看護師さんにあの人はどういう人かと聞くと、「脊椎《せきつい》カリエスであんたが生まれる前からずっと、あそこで入院してはるんやで。畳一枚の上で何十年も暮らしてきはった人や」と教えてくれた。それを聞いて、彼は大きな衝撃を受けた。「病気とはいえ歩けて動ける自分が自暴自棄になっているのに、そんな状況のなかでも笑顔を絶やさない人がいる」

なんとかしてあのおばちゃんのためにできることはないだろうかと思い、長期療養者のための見舞金を、たとえわずかでもいいから上げてもらうために運動を始めた。もう自分の体のことはどうでもいいと思って、病を押してあちこちと駆け回り、その人たちが少しでも心明るく正月を迎えられるように尽力した。結果、ほんのわずかであったが、おばちゃんの見舞金は上がったのだった。しかし、その間、安静にもしなかったし薬ものまなかったので咳《せき》もひどくなり、無理がたたったのか、彼の体調はますます悪くなっていった。

ところが、年が明けて久々の診察の日、担当の代わった新しい先生がレントゲンの写真を見て一言、言った。「あんた、どこが悪いん?」。夫は驚いた。病巣がすっかりきれいになっていたのである。そのときに思った。「おやさまが『人をたすけてわが身たすかる』とお教えくださったのは本当だ。自分のことを忘れて人のために一生懸命尽くしたときに神様が働いてくださるのだ」

商社マンに憧《あこが》れていた青年は、そのとき、信仰者として生まれ変わったのである。

新婚生活

神様の不思議なおはからいで結婚することになった私たちに、しかし、新婚の楽しい生活はなかった。病に倒れた祖母の看病で私と母は天理、新婚ホヤホヤの夫は、妻ではなく、妻の父親と八王子の教会で暮らすという日々が始まったのである。私と一緒に暮らすつもりで結婚したのに、いざ蓋《ふた》を開けてみたら、暮らす相手は私の父だった。

夫は夜一人になると、部屋でカラオケをしていたと言っていた。知らない土地に来て、友達もいない、女房もいない！　しかも、祖母の看護はいつまで続くか分からないのである。私も辛《つら》かった。だが、その話になると夫は、本音はともかく、「ほかならぬ、おばあちゃんのことだ。何年でもさせてもらったらいいじゃないか」と言ってくれた。私はエライ人だなと思った。その後も続いて、祖父が倒れ、母の伯母《おば》が倒れ、私はずっと病人に付き添い、長男が誕生するまで離れ離れの暮らしが続いた。私の顔を見る代わりに、父の顔を見て暮らす、さすがの夫も時には考え込んだだろう。「俺《おれ》はなんでここにいるのだろう」と。

しかし、新妻不在の新婚生活（？）の間に父親の運転手を務める傍ら、夫は教会の少年会活動を活性化し、近所の子どもたちを集めて鼓笛隊を結成した。子どもたちと触れ合うときが、夫の心安らぐ唯一の楽しい時間だった。今日では、そのときの子どもたちが教会を支える力の一つとなっている。

タンス、本棚、および冷蔵庫ひっくり返し事件

さて、長男孝宣《たかのぶ》が生まれ、長女えい子が生まれ、三人目の輝次《てるつぐ》が生まれたころ、教会には若い男の子がいつもごろごろいた。結婚当初から夫が結成した鼓笛隊で小学生のうちから育ててきた子たちである。どんなきっかけで始まったのかは分からないが、教会に住み込んでいた子も、外から通ってくる子も、夜になるとどこからともなく集まって、夫を囲んで麻雀《マージャン》をするようになった。なんの害もない楽しい麻雀だったが、それでも毎晩続くと、さすがに私もイライラしてきた。

こちらは産後で、体もまだはっきりしていない。ところが隣では、毎晩大爆笑が続いていてすごく楽しそうだった。いま考えると多分私は寂しかったのだろう。

夫はやるべきことをきちんとやり、精いっぱい私の育児にも協力したうえで楽しんでいるし、若い子を育てるという名目もあり、面と向かっては文句も言えなかった。だが、私はもう我慢の限界にきていた。

「ガラガラ、ガチャーン、ドサドサ」とものすごい音がした。私が隣の部屋でタンスと本棚をひっくり返したのである。それでも大騒ぎをしているみんなは気づかず、夫だけがその異変に気づいた。私たちの住まいは離れだったが、そこから私はバタバタと飛び出して母屋《おもや》へ行き、そこにあった自分より大きい冷蔵庫をひっくり返したのだ。父も母も留守で母屋には誰《だれ》もいなかった。私はそこで、誰に遠慮することもなく大泣きをした。

「あのとき孝廣《たかひろ》さん、出ていったきりぜんぜん帰ってこなかったよなぁ」「やっと帰ってきたら、真っ青な顔して『ヤバイ。今日《きょう》は終わりだ』って言ってさ。みんな蜘蛛《くも》の子を散らすように帰ったよなぁ」などと、そのときその場にいた子たちがいまでも思い出しては笑っている。これが有名な「タンス、本棚、および冷蔵庫ひっくり返し事件」の顚末《てんまつ》である。もちろん、そんなことをしたのは最初で最後だったが、よくあんな馬鹿力があったもんだなとあきれてしまう。さすがの夫もその後しばらくは、腫《は》れ物に触るように私に接していた。

みんなは笑い話で終わっているが、私はそれからが大変だった。散乱《さんらん》した部屋の片付けが大変だったのではない。それは夫がやってくれた。そうではなくて、腹立ちまぎれに大立ち回りをやったあと、私は深刻な自己嫌悪《けんお》に陥ったのである。夫は父のもとで、自分を殺して日々を暮らさなければならなかった。もちろん父も夫には心を使っていたが、六人兄弟でほとんど両親から怒られた記憶がないというほど、自由にのびのびと好きなように育てられた夫と、女の子一人を一挙手一投足に至るまで細かくきっちりと育てようとしてきた父とでは、日常生活のごく当たり前の事柄すら、考え方に大きな差があった。また、父は夫をなんとか一人前の教会長後継者に育てたいと思っていたので、その仕込みはなかなか厳しいものがあった。おそらくあまり楽しいとはいえない毎日だったと思う。

　私は長い間、自分の夢を捨てて私の人生に合わせてくれた夫に頭が上がらなかった。いつも申し訳ないという気持ちがあった。それゆえ、冷蔵庫をひっくり返してみたものの、なんで麻雀ぐらい好きにさせてあげられないのだろうと、その自分の狭量さにほとほと嫌気がさしたのである。そして私は落ち込んだ。

　輝次を産んだあと心身ともに本当に参ってしまった。父と夫の狭間《はざま》で私はいくら食べても太れなかった。「おまえ、あごがとんがって骸骨《がいこつ》みたいだぞ」とよく父に言われたものである。だが、私がなぜ骸骨になっているのかを、父も夫もあまり考えなかった。

男同士

男同士というものは、たとえ実の親子であっても難しいところがある。ましてわが家では二代続けての婿《むこ》養子である。私は祖父と父、父と夫の二世代の男たちの歴史を見てきた。芦田の家の信仰の礎《いしずえ》を築いたともいうべき祖父に、父はどうあがいても立ち打ちできなかった。祖父が元気な間は、はたで見ていても結構反発し、わがままを言っていた父だったが、祖父は一言も父に非難がましいことを言わなかった。だが祖父が亡くなって、祖父の仕事を継いでいくうちに、父はたびたびこんな言葉を口にした。

「オヤジは偉かったのう」。表には出ない陰《かげ》のつとめの大きさ、高安《たかやす》大教会に生涯を捧《ささ》げた祖父の生きざまが、同じ道を通るようになってから、しみじみと父の胸に迫ってきたのだろう。そしてそれが父の励みともなり、進むべき道を照らす灯《あか》りともなった。

　同じように夫もまた、父が元気な間はあれこれと反発しただろうが、父亡きあと、ある意味では、私以上に父を思い出し、父の足跡を辿《たど》っているような気がする。「オヤジが仕込んでくれたから、いまの俺《おれ》がある」とよく言うようになった。親の道を辿ることはありがたい。亡くなってからも父と息子は会話をする。そして、以前は理解できなかった親の苦労、親の思いが分かる日を与えていただけるのだ。

都の西北

芦田の家は祖父、父、そして夫と偶然にも三代に渡って早稲田《わせだ》マンであった。祖父義宣《よしのぶ》は、若いころかなりの吃音《きつおん》だったと聞いている。後の祖父からは想像もできないのであるが、人とまともに会話を交わすことができないくらいだったらしいから、まして人前で講演するなどということは考えられないことであった。その祖父に、高安大教会初代会長・松村吉太郎《まつむらきちたろう》先生は教外の人も呼んでの弁論大会に出るように言われた。当時、淡路島の現・洲本《すもと》大教会で布教の勉強をしていた祖父は、海の見える断崖《だんがい》絶壁の上に立って、早稲田大学の初代総長・大隈重信《おおくましげのぶ》が右手の拳《こぶし》を高く上げながら、「……あるんである」「……あるんである」と力強く演説した姿を瞼《まぶた》に浮かべて、自分も打ち寄せる波に向かって右手を振りかざし、懸命に練習をしたという。大会の当日、万雷の拍手をもって弁を終えた祖父に、一人の紳士が立ち上がって握手を求めた。文筆家であり初期の教祖伝執筆者の一人である、宇田川文海《うだがわぶんかい》氏であった。血のにじむような努力の結果、祖父が吃音という一つの壁を乗り越えた日であった。

父泉《いずみ》は北海道の一信者の息子であった。その父を松村吉太郎先生がご自分の懐で、早稲田大学へ通わせてくださったのであった。父はそのご恩を生涯忘れなかった。いまでも早稲田までは都電といって路上をチンチン電車が通っているが、苦学生だった父は電車賃がなく、電車の後ろをひたすら走ったという。ある日親切な車掌さんが「学生さんお乗りなさい」と言って乗せてくれたそうである。苦労人だった父は、豪放磊落《らいらく》な半面、人の心の機微を実によく解す人だった。

夫孝廣《たかひろ》は、将来は海外に出て商社マンになることを夢見ていた。ところが病に倒れ、一年間の闘病生活を余儀なくされた。卒業は当然一年遅れ、さらに卒業式当日は天理に向けて徒歩団参をしていたので、卒業証書はあとで取りに行った。私には、その卒業証書が彼にとってどんなに重いものか分からなかった。「写真を撮ってくれないか」と言われて、大隈講堂の前で卒業証書を広げた夫に向かってシャッターを押すとき、その目に光るものを見て初めてはっとしたのであった。

祖父は学生時代、とても痩《や》せていて、「早稲田の芦田」をもじって、「ヤセダさん、ヤセダさん」と言われたもんやと、小さな私に話してくれた。東京に出てくると祖父は、高田馬場《たかだのばば》で電車を降り、早稲田大学に行くことがあった。そんなとき、高齢の祖父に車に乗ることを勧めると、「歩こうや」と言って、駅から学校まで歩きながら思い出話をいろいろ聞かせてくれるのだった。

父は父で「高田牧舎」という食堂で、アルバイトをしていたときのことなどを話してくれた。「残ったカレーライスをよう食わしてもろうたもんや」と。

祖父も父もよく「都の西北」を小さな私に歌ってくれた。早稲田の校歌を聞

きながら育った私には、早稲田大学に対して特別な思いがあった。私が大学生になって、初めて野球の早慶戦《そうけい》を見に行ったときのことである。試合には負けたが、最後にスタンドの観客全員で校歌を歌った。足早にスタンドを去っていく早稲田の学生がいるなかで、私は「都の西北」が流れてきたら、祖父や父を思い出し、感極まって足が止まってしまった。周囲の人がいなくなったのに、外野席で私一人右手を振りかざし、早稲田の学生でもないのに校歌を歌っていたのである。ところが、その姿がテレビの画面に大写しで映ったらしい。それを見ていた彼の友人たちが「あれは、京子ちゃんじゃないか」と画面を見て大爆笑していたという。そんなこととはつゆ知らず、私は最後まで「都の西北」を熱唱していた。

結婚の誓い

そんな私たちが結婚したとき、父にこんなことを言われた。「お父さんがお母さんと結婚したとき、おじいちゃんからたった一言、言われたことがある。それはなぁ、『松村《まつむら》あっての芦田や』ということや。これはいわば芦田の家の宝や。そのことをどうか忘れんで通ってくれ」。「松村」というのは、祖父も父も敬愛してやまなかった髙安初代・松村吉太郎《きちたろう》先生の家系のことである。

正直なところ当時二十五歳の私は、父の言わんとしていることがさっぱり分からなかった。祖父も父も前近代的なことを言っているような気がしたものだ。だが、「あの祖父が言ったことなら、そしてまた父もそう言うのなら、これはとても大切なことなのだろう」と思った。

「松村あっての芦田」とは、松村家がなかったら芦田家は存在の意味がない、あるいは、単独では成り立たないというほどの言葉である。しかも、その思い方が家宝であるという。

いつか祖父と片付けものをしていたとき、私は大切に保管されていた幾つかの巻物を見つけた。祖父が一つひとつ広げて説明してくれたことを覚えている。その中に女性の優しい筆で書かれた書が一枚あった。祖父の古稀《こき》の祝いのときに、松村義孝《よしたか》会長夫人マチ様が下されたものであった。

かわりなき　三代《みよ》にかけての真心は
　年ごとかおる　白菊のごと
　　　　　　　　　　　　　まち

松村吉太郎・義孝・義晴《よしはる》の三代の会長に仕えた祖父の赤心のつとめ方を、年ごとに薫る白菊にたとえて一枚の色紙に託してくださったのである。祖父の眼鏡の奥は、見る間に涙でかきくもった。いつも温厚で、めったに感情をあらわにすることがなかった。祖父が、私に涙を見せたのはこれが最初で最後だったと思う。祖父が一度もその美しく表装された掛け軸を飾らなかった。

家宝というのは、家にとって一番大切なもの。そして、家が続くかぎり守りつづけていくものである。精神を継承していくことは、形あるものを守り伝えていくことよりはるかに難しいことだと思う。だが、親の思いを受け継いでいく、それが何よりも親に喜んでもらえることだろう。

何も分からないままに、スタートラインに立った私たちは、そのバトンを手渡されてしまった。いまはただ目の前に続く一筋の道を走りつづけよう。この先でわが子が手を振って待っていてくれることを祈りながら。

有難《ありがた》や　三代に仕えて　古稀の春　　義宣

第四章

母になる

明日は、なりたい

私は、二十五歳で結婚し、翌年、長男を出産した。一人っ子で、何もできない私が「妻」と呼ばれ、さらに「母」になるなど、本人にとってはまったく奇跡と言いたいくらいの出来事の連続だった。特に母親という役はいかにも私には不似合いで、生後間もない長男を抱いてあやしていた私を見て友人が、「ウーン、何かヘンだよね。はっきり言って似合わない。ベビーシッターみたいだよ……」と言ったのは、まさに言い得て妙であった。

だいたい、私と子どもの顔の大きさの割合がおかしい。長男にかぎらず、うちの子どもたちはみんな顔が大きい。夫に似たのだ。だから赤ちゃんのときから長男は私の顔の大きさをはるかに超えていた。子どもを産むというわが身に起こった奇跡に対応できずにいる母親が、自分よりも顔の大きい子を抱いてソワソワしているのだから、そんな親子は誰《だれ》が見ても「何かヘン」だったのに違いない。

しかしながら、現実はどんどん進んでいって、気がついたら私はいつの間にか三人の子の母になっていた。だがよくしたもので、三年ごとに生まれた子どもたちは、実に気長に私を育ててくれた。「親が子どもを育てる」というのは私の場合当たらない。子どもが母としての私の成長を待ってくれたのである。

そして、同時に妻として母として、何も分かっていない私を、怒りもせずあきらめもせず、足りないところを黙って足して導いてくれた、顔ばかりでなく心まで大きい夫には、本当に頭が下がるのである。

夫は六人兄弟の三番目で、何事にもダイナミックでおおらか、規格外のところがある。昨日《きのう》のことなど忘れている。困ることもあるが、嫌なことも同様にケロッと忘れたりするのでずいぶん私は救われた。

かといって、何事も大ざっぱかというと、信じられないくらいデリケートなところもある。特に子育ての面では、私など太刀打ちできないほど、愛情細やかである。

長男の孝宣《たかのぶ》がまだ小学三年生くらいのときだった。私は兄弟がいなかったので、男の子をどう育てたらいいのかまったく分からなかった。いまも分かっていないのだが、とにかく長男には、キツく当たることが多かったと思う。

あるとき、夕づとめ後、神殿で孝宣が何か夫に注意された。そしたら虫の居所が悪かったのか孝宣は、とてもひどい言葉を言って父親に反抗したのだ。信者さんもおられたし、夫のメンツは丸つぶれ、カッコ悪いことこのうえなしだった。そして子どもはそのまま走り去ってしまった。私は「親に向かってなんちゅう態度や」と腹を立て、子どもを追いかけていってていきなり、「みんなのいる前で、お父さんにあんなこと言って、お父さんがどんなにみっともない思いをしたか分かっているの?」と怒鳴った。子どもはソッポを向いて、さらに反抗的な態度を示した。私はますます腹が立ってきて、さらに何かを言おうとしたとき、タッタッと足早に廊下を歩いてくる音がした。夫が教服のまま中座して、子どものところへ来たのだった。私は、てっきり子どもに注意を与えるものと思った。ところが部屋に入ると夫はじっと子どもの顔を見て、思いもよらないことを言った。

「のぶ（長男の愛称）、いいんだよ、あれで……。いま、のぶはお父さんにいっぱい反抗したね。のぶがいま、心の中でそのことをどう思っているのかお父さんには分からないけど、お父さんはあれでよかったと思うんだ。昔、お父さんもね、子どものとき、おじいちゃんに大勢の人のいる前でとってもひどいことを言ったことがあるんだよ。おじいちゃんは何も言わずに黙ってじっと聞いていた。それだけのことだけど、お父さんはいつまでも忘れられなかった。いまでもよく覚えているよ。覚えていることがよかったと思うんだ。のぶもきっと、今日《きょう》のことを覚えていると思う。それが大切なんだよ」

子どもを見つめる父親の目は愛情に溢《あふ》れ、その声は真面目《まじめ》で、穏やかだった。それから、子どもの頭に大きな手をそっとのせて、足早にまた神殿に戻っていった。いま考えると、夫は、子どもがきっと私に叱《しか》られていると思い、「親は自分を守るために子どもを怒ってはならん」と私に伝えたくて来てくれたのではないかと思う。

長男が、いまもそのときのことを覚えているかどうかは分からないが、私は忘れることができなかった。親のメンツを考えて子どもを叱った自分を恥ずかしいと思った。子どもをかわいがっているつもりでいて、その実、私は自分の体面を大切にしていた。なんのかんのといっても子どもより自分が大事だったのだ。だから、子どもは素直になれなかったのだ。あのとき、夫の言葉を聞いていて胸が熱くなったことを覚えている。私は「親なるもの」に出会ったのである。

昨今、子どもたちは、私たち親に対して、さまざまな問題を投げかけている。

私にはそれが、子どもたちの「お父さん、僕ってお父さんにとっていったいなんなの？」「お母さん、私のこと本当に愛しているの？」という、全身での問いかけのように思えてならない。その問いかけに対して、私たち親も真っすぐな心で、正面から子どもに向き合い、親としての資質を自らに問う勇気を持たなければならないと思う。「親なるもの」に自分自身を育てる、絶えざる努力が必要なのだ。

子どもたちはけなげである。私が子どもよりも自分を大切にしてきたにもかかわらず、私を親として慕い「お母さん」と呼んでくれた。そんな子どもたちの心に、いつかはきっと応《こた》えられるように、明日はなりたい。

娘への手紙

えいちゃん、あなたが生まれたのは、十三年前の四月五日。その年は春が遅くて、四月とはいってもまだまだ寒く、お母さんは、冬仕度で産院に行きました。ところが、一週間して、あなたを抱いて家に帰ってきてみると、庭の桜は満開、山々は若緑に萌《も》え、春爛漫《らんまん》で、お母さんは、あなたの一生を暗示しているような気がして、とても嬉《うれ》しかったのを覚えています。

お産も軽く、よく飲み、よく寝て、手のかからない親思いの赤ちゃんでした。ハイハイをするころには、眠くなると自分で布団まで這《は》っていって、私が添い寝をしようとすると、「アタチはひとりでのびのび寝たいのよ」と言わんばかりに私を押しやって、大の字になっておおらかに眠っていました。

よく笑うまん丸顔と明るい性格に、誰《だれ》かが「えいちゃんは、お日さまみたいだね」って言ってくれました。

三人目の輝次《てるつぐ》がお腹《なか》にいるとき、お母さんはひどい静脈瘤《じょうみゃくりゅう》になって、お腹の赤ちゃんの重さを支えるだけで精いっぱい、小さなえいちゃんを抱くことは無理でした。それまでいつも抱っこにおんぶをしていたのに、いつか私が「お母さんね、赤ちゃんが生まれるまで、えいちゃんのこと、抱っこできないの」と言った言葉をあなたはしっかり覚えていました。何か、とても悲しいことがあって、あなたが大泣きをしたことがありました。私が「えいちゃんおいで」と抱っこしようとしたとき、小さなえいちゃんは、泣きながら首を横に振って、決してお母さんのところへ来ませんでした。

それから弟の輝次が生まれました。そのあとすぐに、えいちゃんは、お兄ちゃんと庭で遊んでいて、小さなガラスの破片で膝《ひざ》を切り、お医者さんに行ったのを覚えていますか？　お母さんは、何カ月ぶりかでえいちゃんをおんぶしました。そのとき、あなたが言った言葉をお母さんは忘れられません。「嬉しいな。お母さんがえいちゃんのこと、おんぶしてくれた」。四針も縫う膝のケガよりも、お母さんにおんぶしてもらったことの嬉しさのほうがあなたにとっては大きかったのですね。そのとき、思いました。えいちゃんは、ずっとがまんしていたんだなぁ…って。

そうそう、あのとき、私たちが病院に行ったあと、お兄ちゃんがいなくなったので、おばあちゃんは心配してあちこち捜したのです。そしたら、お兄ちゃんは、家の裏の河原にポツンと立っていました。「えい子がかわいそうだ」と言って一人で泣いていたそうです。お兄ちゃん六歳、えい子三歳くらいのときでしょうか。

あの日から、ずいぶん時が過ぎましたが、えいちゃんは、なぜ、お父さんがいつもゴミ捨て場の周りを、ほんの小さなガラスの破片も見落とさないで、きれいにお掃除をしてくれているのか考えたことがありますか？　お父さんは、小さなあなたが、あそこで転んで痛い悲しい思いをしたことを、この十年間、一日たりとも忘れなかったのです。

お母さんが病気で入院したときは、ちょうどお兄ちゃんの中学入学と、輝次の小学校入学が重なって大変でした。てるのことは、えいちゃんが、教科書やノートに全部名前を書いて、毎日、持ち物を調べ、着ていく服を揃《そろ》えてくれたんですってね。宿題もよく見てくれました。そんなお姉ちゃんを、てるもやっぱり大切に思っています。覚えているかな？ いつか学校の帰りに、えいちゃんが男の子にふざけて石を投げられたときのことを。話を聞いたてるは、例によってゆでだこのように怒って、次の日学校から帰ってくると、大急ぎで、また自転車に乗ってお姉ちゃんを迎えに行ったのでした。あのときは、運動会の練習で遅くなるお姉ちゃんを、てるの言い草だと「なんと四時間も」校門のところで待ち続け、「あたりを厳しくチェック」しながら「お姉ちゃんを守って」仲良く二人で帰ってきました。そんなふうに、みんなであなたのこと、大切にしてきたのです。

えいちゃんが生まれたあの春から十三年、いろんなことがあったけど、でも、楽しかったね、しあわせだったね。お母さんは、あまりお母さんらしいことをしてあげられなかったけど、えいちゃんは、ずいぶん、お母さんを支え、たすけてくれました。本当にありがとう。いつか、大人になったら、お嫁に行っちゃうんだね。それまで、まだ時間があるから、これからはえいちゃんの嬉しそうな顔が一回でも多く見られるように、お母さんのできることをしようと思います。

以前、お父さんが青年会のひのきしん隊で一カ月間おぢばに行っていたとき、えいちゃんは滲出《しんしゅつ》性中耳炎になり、痛い思いをしました。そのとき、お父さんからきた手紙をあなたはいつも大切に机の前にはっています。そのお父さんの思いを、いま、ここに、もう一度。

——手紙をどうもありがとう。ひのきしんで疲れた体には、手紙が何よりの楽しみだ。ところで耳のほうはその後どんな様子だ? 良い医者が見つかって本当によかった。しかも成長するにしたがってよくなるとのこと。原因がはっきり分かって何よりだ。これで安心だね。…中略…

でも世界中には、もっともっと辛《つら》い思いをしている人たちがたくさんいる。そんな人たちに少しでもたすかってもらうために、おやさまがこの教えを始めてくださったのだよ。だからそのことを忘れずに、朝夕のおつとめや、ひのきしんをさせてもらうんだよ。

ただ自分だけがたすかりたいという気持ちではいつまでもよくならない。みんなにたすかってもらいたい、という気持ちをもっともっと心の中に広げていけば、きっと耳ももっと早くよくなるだろうし、いろんなことがうまくいくようになるよ。では、もう少しで帰れるからそれまでがんばってね。

お父さんより

えいちゃん、あなたが生まれたことを、お母さんは心から神様に感謝しています。

不思議の国のアリスたち

『ドロップスの歌』という歌がある。昔、泣き虫の神様がいて、朝焼けや夕焼けを見るたびに、赤や黄色の涙を流していた。「それが世界中に散らばって、いまではドロップス」となって、大人も子どもも喜んでなめている、という夢あふれる楽しい歌である。

私はこの歌が大好きで、子どもたちが小さいとき、よく一緒に歌った。先日、なんの気なしにこの歌を口ずさんでいたら、高校生の長男が、「それ、それ。オレさ、それが欲しかったんだよ」と言う。私は、何のことか分からず、「えっ、何？　どれが欲しいの」と聞くと、「そ・れ！　そのドロップ」と答えた。

幼稚園に行っていたころ、この歌を聞くたびに、一度でいいから神様の涙でできたドロップをなめてみたいと思ったそうだ。きっと、小さな胸の中で「どんな形をしているんだろう」とか、「おいしいのかな」とか、いろいろな思いをふくらませていたに違いない。高校生になって、そんな心の扉を一つ開けてくれた。子どもは、幼いがゆえに心の世界をほとんど言葉にして語ってくれないが、その胸の内は、たくさんの謎や不思議に満ちている。日々生きることが、そのまま冒険であったりするのだ。

いつか、長女のえい子が「小さな、でも私にとってはとても大きな旅」の話をしてくれたことがある。

五歳くらいのとき、玄関先でピカピカ光る五十円玉を拾った。お母さんに渡さなければならないと思いつつ、偶然手にしたそのお金で、どうしても近所のお店に行ってみたくなった。距離にして三百メートルほどの所なのだが、歩道のない危険な道を行かねばならない。私から厳しく止められていることなので、そこまで行くには決死の覚悟がいるのだ。しかし、チャンスはいましかない。

そこで弟に長靴を履かせ、自分も長靴を履いて（なぜか長靴というのが面白い）、五十円玉を握り締め出発した。しかし、三百メートルの道のりは彼らには遠く、途中まで行っては思い直して引き返し、行っては引き返し、何度も何度もそれを繰り返した。結局は断念したそうだが、「たったあれだけの距離が、永遠に着かないみたいに遠くてね。私にとっては、すごく大きな旅だったの」と話してくれた。

そんな話をするときの子どもの声と表情は、深い感動に満ちていて、聞いているこちらの心にまで、何かシンと響くものがあり、人間として成長していくうえでのとても大きな体験であったことを物語っている。

小さな輝次《てるつぐ》は、三年前私が病気で入院している間に、両手の指を使ってワニだのカエルだの忍者だのを作る手遊びを覚えた。一年生のときである。初めは、友達と一緒に面白がってやっていた。しかし、そのうち、輝次はあまりにもそのことに没頭するようになった。私は、退院して家に戻ってからそれに気づき、なるべく手を繋《つな》いだりして、やめさせようとしたが、輝次は、まるで何かにとりつかれたように想像上の生き物たちを創《つく》り続けた。小学校の保護者会でも注意され、これはなんとかしなければ、他のことが何もできなくなると思い、いろいろ考えたあげく、さりげなくこんな話をした。

「ある男の子がね、とっても絵が好きで、毎日毎日、絵を描いていたんだって。それも恐ろしい怪獣の絵。まるで本物みたいに上手でね。男の子は、一番上手に描けたその絵をいつも持って歩いて、その怪獣にしょっちゅう、話しかけてたの。そうしたら、なんと恐ろしいことに、その絵の中の怪獣がね、いつの間にかだんだん大きくなってきて、とうとう本物の怪獣になって『ガォー』とその男の子を飲み込んでしまったんですって……」

そこまで話すと子どもは、一瞬、ぎょっとした顔をした。そして、それきり、手遊びをやめてしまった。思いのほかの効果に驚いたが、それほどキキメがあったということは、自分がイメージの世界で創造してきた生き物たちが、すでに別個の生命を持ちはじめ、輝次の心をまさに飲み込もうとしていたのだろう。

先日、フィリパ・ピアスの『まぼろしの小さい犬』という本を読んだ。犬が飼いたくて仕方のない少年がいた。しかし、家の都合でどうしても飼えなかった彼は、本物の犬の代わりに絵の中の犬を心の中に住まわせるようになる。少年は「まぼろしの小さい犬」と暮らしはじめるのである。そこには、少年の孤独が深く関《かか》わっていた。

読み終えて、私は、ふと輝次のかつての手遊びを思い出し、「てるちゃん、昔、手でカエルやらワニやらいろんなものを作ってたね。なんであんなに夢中になったの？」と聞いた。輝次はよく覚えていて、間髪を入れずに「お母さんが病気でいなかったからじゃないか」と言った。「オレはね、いろんなモノを作って、お母さんとお話ししてたんだよ。オレが忘れ物したときは、お母さんが忍者わらし(!?)になって怖い顔をして『てるちゃん、だめでしょ』って言うんだ。お母さんがのんびりしているときはワニになって大きなあくびをしてね……」

そうか、そうだったのか。「でも、てるちゃん、お母さんが帰ってきてからもやっていたじゃない」と言うと、「癖《くせ》になって、やめられなくなったんだ」と言った。「なんでやめたか覚えている?」と聞くと、「忘れた」と答えた。私は輝次の両手をそっと自分の頬《ほお》に押しあてた。

子どもの心の中では、大人の思惑をよそに、さまざまな世界が展開し、思い思いの生き物が跳ね回る。そんな不思議の国、イメージの世界の躍動を大切にしたい。しかし、同時に、ウサギの穴に入ってしまったアリスが、その魅惑的な世界から出てこられなくなったら大変だ。子どもの魂を奪われきってしまわないように、私たちがいま、ここにあることを、あたたかい手と手の触れ合いで、見つめ合う瞳と瞳で教えてあげたい。内なる世界と、外の世界が手を繋ぎ合って、本物の「生」になると思うから。

わが家の「お受験」戦争

秋も深まり、厳しい冬を目前にすると、ちょうど、一年前の長男の高校受験のころを思い出す。わが息子は、のんきで何を考えているのか、何を言っても「馬の耳に念仏」「のれんに腕押し」。まったく勉強する気配がない。どうするんだろうと思いながらも放っておくしかなかった。

それが、忘れもしない、あれは六月の十二日。その子が、青い顔をして学校から帰ってきた。「どうしたの？　何か悩みでもあるの？」と私が冗談半分に聞くと、驚いたことに「うん」と言う。今朝まで元気いっぱい、ホイホイ学校へ行っていたのに、いきなり悩みがあるだなんてなんだかおかしくなってしまったが、一応真面目《まじめ》な顔をして聞いていたら、今日《きょう》、先生に「芦田、お前、高校は遠いぞ」とクギを刺されたそうだ。私は心の中で「みてみい、やっと分かったか」と思ったが、そんなことはおくびにも出さず、「へえ、そうなの。それで?」と聞いた。すると、心を入れ替えて、今日からマジメに勉強すると言う。それなら頑張ろうということになり、留守がちな父親に代わって、うるさい母親と二人三脚で受験勉強をスタートすることにした。

が、教えはじめて私は唖然《あぜん》とした。ここまでヒドイとは……。私はグッと気持ちを引き締めた。この日から母と子の壮絶バトルが始まったのだ。それからは、子は子で、親は親として、努力と忍耐のいる対決と葛藤《かっとう》の日々となった。そして、お互い疲れが出はじめたころ、ありがたいことに修学旅行がやって来た。

彼は、奈良、京都の楽しい旅を終え、意気揚々と帰ってきた。おみやげに、弟には各地で買ったキーホルダーを、妹には鹿のぬいぐるみをという具合に、おじいちゃん、おばあちゃんをはじめ、お小遣いを下さった方々にもそれぞれ心を配り、そして最後に、お父さん、お母さんにと、おまんじゅうをくれた。そのとき、なぜか夫が、いきなり自分の引き出しをゴソゴソやって、真新しいおサイフを取り出し、「お前、コレ、やろか」と私に言った。私は〝突然なんだろう〟と思ったが、ありがたく貰《もら》っておいた。いま考えれば、夫はそのときすでに「危ない！」と察知していたのだろう。

しかし、そのときまでは、本当になんでもなかったのである。ところが、それから孝宣《たかのぶ》がおばあちゃんへのおみやげを取り出し、「これ、おばあちゃんに買ったんだ」ときれいな包みをそっと開けて見せてくれた。とっても高そうな薄紫色の上品な扇子《せんす》が入っていた。私は「わぁ、きれい。おばあちゃん、喜ぶよ、きっと」と感嘆のため息をもらした。そのあとだ。思わず「お母さんも、こういうの欲しかったなぁ」と言ったかと思うと、急に悲しくなって涙がポロポロッと出てきたのだった。自分でもびっくりしたが、もう止まらない。そのうちにオイオイ泣きだした。「だ、だってお母さん、おみやげいらないって言ったじゃないか……」と孝宣は困りきっている。「いらないって言ったけど、おばあちゃんの扇子がきれいすぎる〜」と私はまた泣いた。いま思うと「バッカみたい」の一語につきるのだが、あのときは夜もロクロク寝ないで受験勉強に付き合ってるのに、その私がおまんじゅうで、何もしないで「そうか、そうか」と言ってるおばあちゃんが上等の扇子なんて、あんまりだと思ったのだ。だが、それが子どもの正直な気持ちだったのだろう。顔を見れば「勉強、勉強」と言う私は鬼婆《おにばば》のように見えただろうし、殺伐《さつばつ》とした日々にあって、笑顔でいつでも優しく受け入れてくれるおばあちゃんは、唯一、心の安らぐ場だったと思う。

ともかく、私はそれから三日間ほど、孝宣と口をきかなかった。早い話がスネていたのだ。だが、そのうち期末テストになり、私も「えらいこっちゃ、スネている場合じゃない」と気を取り直し、再び戦闘を開始した。やがて、夏休みに入り、お互い最悪の、それでいて思い出深い夏を過ごした。

その夏のこどもおぢばがえりの最中に、孝宣が「お母さん、はい」と言って私に渡してくれた物があった。天理本通りで買ったというその細長い包みは、この前、私が「お母さんも欲しかった」と言って大泣きした、かの扇子であった。彼は覚えていたのだ。私はそれからその扇子を暑くても寒くても持ち歩いた。

秋になり、それから受験までは彼もよく勉強した。そして、なんとか内申書の点数も上がり、一月三十一日、希望の都立高校に推薦で入学が決まったのだった。

卒業式の日、勉強のほうはサッパリだったが、先生やお友達から信頼されていた長男は、卒業生の代表として、在校生や先生、そして両親に贈る言葉を胸を張って堂々と述べてくれた。私は三年間を振り返り、特にあの二人で戦った壮絶バトルの日々を思い出しながら、胸がいっぱいになった。

高校の入学式をひかえて、私は孝宣の髪を切っていた（わが家の子らはみな私が切っている）。切りながら私は言った。「お母さんね、卒業式の日、すごく嬉《うれ》しかったナ。お前のこと、とっても誇らしくてね。いままでで一番嬉しかったかもしれない」。孝宣は「そう？」と言いながら、やっぱり少し嬉しそうだった。ところが、それからいろんな話に夢中になっているうちに、私はつい手元が狂って、後頭部を刈り上げすぎてしまった。彼には見えないが、分かったらきっと怒るだろうな……。

高校の入学式当日、前に居並ぶ新入生の中で、ひときわ、後頭部が明るく輝いている男子生徒がいる。見慣れたその形を見つめながら「そうだ、青年はうしろを見てはいけない。前を見て歩むのだ。行け、息子よ」。私はひとり、うなずいた。

忘れん坊ポッケ

　朝食がすんで、ふと玄関を見ると、体操着袋がポツンと置いてある。二男の輝次《てるつぐ》だ。また忘れてる。「昨日《きのう》から用意して、しかも、ランドセルと一緒に玄関まで出しといて、な・ん・で・忘れるの？」と、私は言いたいが、相手はもういない。

「ま、いっか。体育の見学もたまにはいいだろう……」などと思って一度は知らんぷりするのだが、そのうち、「ウーン、やっぱり届けてあげようかな」という気になってくる。自転車で追いかけたらまだその辺にいるかもしれない。そして私は、朝の空気を思いきり吸いながら自転車をとばす。輝次は、もう学校に着いていて、みんなと楽しそうにドッジボールをしていた。

「フーム、忘れたということすら気づいていないな」と、私はその様子を見ながらしばし佇《たたず》む。一生懸命にやっていて、そのうち、友達の投げるきついボールをうまく取った。すると、嬉《うれ》しかったのか、かっこつけて、「ヘイ！　カモン・ベイビー」なんて言っている。そこで私も大きな声で「ヘイ！　カモン・ベイビー」と叫んだ。やっとみんな気がついて、明るい笑いの渦が巻き起こった。輝次は、ちょっと恥ずかしそうにしていたが、忘れ物に気づいて、「あー、お母さん、アリガト」と「ありがとう」を連発していた。私はなんとなくウキウキして、また元気に自転車をこいで家に帰ってきた。

夕食のとき、そんな話をしていたら、長男が「おまえサー、ちょっと忘れすぎだよ。ちゃんとしろよ」と言った。

すると、すかさず輝次が「お弁当忘れたの誰《だれ》？」と言った。

「オ、オレだよ、一回だけジャン」「誰が届けたの？」「お、お母さんだよ」

すると、私も思い出し、「そうそう、暑かったな、あの日。お兄ちゃんの学校まで自転車で坂登っていって、フラフラになっちゃったよ」などと言いだす。お兄ちゃんは、がぜん旗色が悪くなってしまう。屁《へ》理屈坊やの切り返しはなかなか鋭いのである。

えい子もお弁当を忘れたことがある。どの道を歩いて学校に行っているのか分からず、まだ通学中の子どもを捜すのに結構苦労した。しかし、いつも朝の自転車は清々《すがすが》しく、届けてあげたときの嬉しさいっぱいの笑顔と、「ありがとう」の一言が、私に「やっぱり、届けてあげようっと」という気持ちにさせる。

お兄ちゃんやお姉ちゃんは、お母さんに申し訳ないと思うのか、忘れないようにしようと思うらしい。輝次はどうやら頭の中に、いろんな考えが浮かんできて、ポカッと現実を忘れることがあるようだ。私も考え込むと、「アレ、いま何しようと思ってたんだっけ……」ということがよくあるので、子どものそういう感じはなんとなく分かる。

だいたい、私が忘れっぽい。子どもが幼稚園に通っていたころ、自転車で迎えに行ったのに、先生や他のお母さん方と話し込んでいるうちに、自転車で来たことをすっかり忘れ、歩いて帰ってきてしまった。家に帰ってきてからも気がつかず、何かの用事で自転車に乗って出かけようとして、初めて自転車がないのに気がついた。そのころ、近所でときたま、自転車の盗難事件を耳にしていたので、「盗まれたらしいわ」などと、近所の若者の道徳観の欠如を嘆いて腹を立てていた。ところが、何日かして幼稚園に迎えに行ったとき、なんだか私の自転車に似たのが隅のほうに置いてあるのだ。「あっ、誰かが私の自転車を幼稚園に乗り捨てていったんだわ。でも、なんてラッキー」などと感激していたら、なんのことはない。よく考えたら自分で乗ってきたのだった。さすがの私もあのときは、自分の忘れっぽさにアキレてしまった。

一番忘れ物の少ないのは長女である。母親がボーッとしているので、彼女は小さいときから、あまりこの親はアテにならないなと体で感じ取っているらしく、大切なことがあると私に、「明日《あした》までにコレコレのことをナニしてね、お願いします」と何度か伝えにくる。それでもなんとなく私が忘れそうだと直感すると、私が通って目につきそうな所に張り紙がしてある。「お母さん、明日はナニナニが必要ですよ～」などとイラストまで入れて、何カ所かにぶら下げておくのだ。ここまでくると、どっちが親だか分からない。だが、わが子の涙ぐましい努力のあとを見てからは、私もぐっと心を引き締めて、わが身の行動を厳しくチェックするようになったのである。

「自立」という言葉をよく聞く。お母さん方でも、子どもに手がかからなくなったりすると、「このごろ、だいぶ分かってきたみたいよ」とか「やっと自立してきたわ」などと言われる。私は「そんなものかな……」と思うことがある。

私は自分が忘れっぽいので、時々、大急ぎで捜し物をするのに夫や子どもに手伝ってもらうことがある。そんなとき、「自分のことは自分でしたら?」などと言われたら困って悲しくなるが、さして怒りもせずに、セッセと手伝ってくれると本当に嬉しくなってしまう。そして、もうこんなことのないようにしようと思う。もし私がどこかに出かけていて大切な物を忘れてしまったとき、子どもが汗をかいて、「お母さーん、忘れ物だよ」と笑顔で届けてくれたらどんなに幸せな気持ちになれるだろう。

忘れ物はしないほうがいい。そのように躾《しつけ》ることが大切だ。なんでもキチンとしているに越したことはない。だが完璧《かんぺき》な人などいないのだ。誰にもお世話にならずに生きていける人間は一人としていない。完璧に一人でやっていける人間を育てることを目標に置いて汲々《きゅうきゅう》とするより、誰かが困っているときに、笑顔でさりげなく手を貸せる人間を育てたほうが、世の中、よっぽど明るくて楽しいと思うのだが、どうだろうか……。

突然の雨に降られたときだって

以前『金田一《きんだいち》少年の事件簿』というテレビドラマが子どもたちの間でヒットした。名探偵金田一耕助《こうすけ》の孫という少年が、おじいちゃんにあやかって、数々の難事件を解決していく話だが、そのなかで、事件が迷宮入りしドラマも佳境に入ったころ、金田一少年がキッと顔を上げて、「この謎は、オレが絶対あばいてみせる。じっちゃんの名にかけて」という名セリフを吐く。じっちゃんと少年は、事件の謎を解くという共通の目的のために、時代を超えて心が結ばれているのだ。

わが家は、夫と私、十五歳の長男と十二歳の長女、九歳の二男、そして私の父と母の七人家族である。私の父、すなわち「おじいちゃん」といっても教会の会長さんなので、うちの「じっちゃん」の発言力には絶大なものがある。

じっちゃんは、一カ月のうち二十日間ほどは天理で過ごすので、一緒にいるのはせいぜい十日ほどだが、その間、長男と二男は布団を運んできてじっちゃんと一緒に寝る。

「昨日のおじいちゃんのイビキ、すごかったよな」とか言いながら、せっかく家に帰ってきたじっちゃんを喜ばせたい一心で、そばに寝るのだ。

じっちゃんは、ファミコンに理解がある。私たち親は、止めどなく子どもを引きつけてやまないファミコンに目を光らせるのだが、じっちゃんは自分もけっこうやるので、子どもの気持ちがよく分かるらしい。私がやめさせようとすると、「お前、カミコンぐらいやらしたれや」と言うのだ。なぜかファミコンを「カミコン」と記憶している。

じっちゃんは、これまでの人生を信仰一筋に生きてきた。自分を見いだし育ててくださった髙安《たかやす》初代・松村《まつむら》吉太郎《きちたろう》先生に心酔し、自分の生涯を捧《ささ》げたと言っていいほどである。吉太郎先生は、じっちゃんの義理の祖父になるので、金田一少年ではないが、昔風「じっちゃんの名にかけて」である。

そんなじっちゃんは、何につけても「人が何事言おうとも」「わが道を行く」ので、時々周囲の私たちが「エーッ!」と言いたくなるようなことをする。

あるとき、じっちゃんは、夏休みに自分の故郷《ふるさと》の北海道へばっちゃんと孫三人を連れて、長年の懸案だった墓参りに行くことを思いついた。子どもたちは、初めて乗る飛行機に身も心もおどる思いでその日を待っていた。

が、当日の朝、北海道地方に台風が接近しているというニュースが入った。飛行機は予定通り飛び、北海道のおじさんからも「なんともないよ」と電話が入ったのだが、じっちゃんは行くのをやめた。戦時中、零戦《ゼロせん》乗りだったじっちゃんは、飛行機は落ちるものだということを肌で知っているので、飛行機が死ぬほど嫌いである。いざとなると、イヤ〜な気持ちになるらしい。まして、愛妻と孫三人を乗せるとなるとなおさらだ。

しかし、その翌年、じっちゃんは再び北海道へ墓参りに行くと宣言した。今度は、ばっちゃんと長男だけを連れていくという。しかも、予約のとれた切符が、当時はやりのクジラのジャンボ機だった。息子は、夏休みのブラスバンド部の行事を欠席させてもらえるよう、先生に頼んで許可をもらい、嬉《うれ》しくって友達にも吹聴《ふいちょう》して回っていた。

が、その当日、じっちゃんはまたしても取りやめにした。もしかしたら……と思っていたが、今度ばかりはどう息子を慰めたらいいのか分からない。娘もその話を聞くと絶句して、「お兄ちゃん、あんなに楽しみにしてたのに……」と涙。

暑い夏だった。息子は黙って机の前に座っていた。こんなとき、中学生の男の子に、いったいなんと言えばいいのだろう。頭の中をいろんな思いがめぐった。

「のぶ、あんなに楽しみにしてたのに、本当に残念だったね。お母さん、なんて慰めたらいいのか分からない。でもね、よく考えたら、みんな納得できないことを受け入れて生きているんじゃないかしらね。そんなこと、今度のことと関係ないじゃないかって思うかもしれないけど、のぶの友達にも離婚したり病気で亡くなったりして、お父さんやお母さんがいない人もいるでしょう。自分自身が病気やケガで体が動かなくなった人もいるよね。人によって中身は違うけど、みんな自分にはどうすることもできないことを背負っているんだよ。生きるってことは、そういう理不尽なことをどう受け入れるかということだと思うよ。もしそうだとしたら、これくらいのことは、たやすいことじゃないのかな」というような意味のことを言った。

そしたら、その言葉を聞いてくれたかどうかは分からないが、息子はふと顔を上げてこちらを見て、「いいんだ、お母さん。オレ、おじいちゃんには、いつもそれ以上のことをしてもらっているもん」と言った。私はいまでもよく、そのときの息子の〝無垢《むく》な少年の顔〟を思い出す。

最近、息子と二人で話していたらそのときの話が出て、「そうそう、そんなことがあったよなァ……。いやァ、ナツカシイなァ……」などと思い出に浸っている。

「それよりさァ、昨日《きのう》てるがテレビ見ててさ、『北海道行きたいなァー』って言ったら、おじいちゃんが『よし、おじいちゃんが連れてってやるぞ！』なんて、思いっきり約束してたぜ。おじいちゃんってスゲエよなァ……」

「うーん、サスガだねェ……」と、二人でじっちゃんの究極のゴーイング・マイ・ウェイに感心してしまった。ここまでくると、人はただ感動するしかないのだ。

というわけで、じっちゃんは何があっても孫たちに慕われ、尊敬されている。そんな父を、私もやっぱりスゴイと思う。

そして息子よ、毎度その気になって支度して、ダメになったら、ちょっと気落ちしながら笑いとばす、そんなオマエもけっこういい。

お母さんも、いつもそうありたいと自分に言い聞かせながら、自分自身を励まして生きています。

第五章

母と子

母と子――亡き床枝トシエさんに捧ぐ

夫が始めた芝白金《しばしろがね》鼓笛隊は、八王子《はちおうじ》地域の教会の子どもたちを統合して「八《はち》南《なん》支部鼓笛隊」として新たなスタートを切った。

東京といっても、八王子は山梨と神奈川との県境にあって、高尾《たかお》山を有する緑豊かな土地であり、人々の心は純朴であたたかい。八南支部内の教会の会長さんも、奥さんも、子どもたちもやはり素朴で純真だった。鼓笛コンクールではよく、八南のファイフ（横笛）はあたたかい音色を出すと言われたものである。そんな鼓笛活動のなかで、私たちは床枝《とこえだ》トシエさんと出会ったのであった。

その朝は、前夜の雨の名残か、おぢばの夏にしては珍しく曇り空で、時折、涼しい風が吹いていた。その風がやがて雲を吹き払い、立教百六十三年鼓笛オンパレード本番が始まるころには、いつものおぢばの真夏の太陽が、ジリジリと真南通りを照りつけていた。

観客スタンドの端から遠目に黒門を見つめる私の目に、見慣れたグリーンの帽子に白のワイシャツ、ベージュのパンツ姿の隊員たちの姿が入った。いよいよ八南支部鼓笛隊の出番だ。

「トシエさん、見てる？　あなたの四人の子どもたちが行進してくるのよ」

このコンクールの二日前、七月二十六日未明に、四人の隊員の母、床枝トシエさんは四十五歳の若さで旅立っていったのだった。

八年前、支部鼓笛隊の発足とそう日をおかずに、トシエさんは発病した。乳がんになり、肺がんになり、骨盤ががんに侵され、胃がんになった。まったく親神様のお働きとしか思えない不思議なご守護と、再発の繰り返しのこの八年間は、八南支部鼓笛隊の歩んできた歴史であるとともに、トシエさんの壮絶な病魔との闘いの日々でもあった。しかもその間、東京都の心身障害者施設の職員でもあったトシエさんは、病気と闘いながら仕事を続けていたのである。

鼓笛隊が始まってからのお付き合いだったから、考えてみれば短い時間だった。でもトシエさんはいろんなことを話してくれた。岩手県の山奥で生まれ育ったこと、幼いころの生活、両親の反対を押しきっての進学、そして東京での就職。ご主人との出会いと結婚、出産、子育て。真面目《まじめ》すぎるくらい真面目で、一生懸命だった。神様を真実求めていた人だった。

「私の生まれた村は岩手県の本当に山奥でね、何もないところだった。子どものころ、こどもおぢばがえりに参加して鼓笛隊を初めて見たとき、すごく憧《あこが》れた。一度でいいからやってみたいと思った」

だから鼓笛隊に対する思いは人一倍深かった。まだ一番下の直人《なおと》君がヨチヨチ歩きのころから四人の子どもを連れて、欠かさず練習に来ていたのを思い出す。あまりにも熱心な母親に子どもたちは反発を覚えた日もあったことだろう。

そんななか、入退院を繰り返しながらも、こどもおぢばがえりの鼓笛オンパレードは、毎年必ず見に来てくれた。抗がん剤の副作用で髪の毛が抜け、バンダナを頭に巻いていた年もあった。だが、どんなときもトシエさんは夏のおぢばで生き生きと輝いていたように思う。思い返せば今年の五月、横浜のみなとみらい祭りのパレードを見に来てくれたのが最後だった。

あとで聞いたのだが、そのときすでに腹水が四リットルも溜《た》まっていたのだという。「辛《つら》かったけど、でもよかった。とってもよかった」と言っていた。パレードが素晴らしくてよかったのだろうし、見に行くことができてよかったのだろうし、限りある命のなかで、一度でも多く子どもたちの元気な姿を目に焼きつけておくことができてよかったのだろう。

その話をしてくれたときはすでに点滴だけで、水も喉《のど》を通らなくなっていた。それでも彼女は「今年も必ずこどもおぢばがえりに行く。そして今年こそ絶対にコンクールで金賞を取って、夜の親里パレードに単独隊で出て（金賞団体だけが親里パレードに単独隊で出場できる）……」。そこまで言って目に涙が溢《あふ》れた。「うん、きっと行こう。絶対に行けるよ」。でもそのとき、その場にいた誰《だれ》もが分かっていた。トシエさんは今年はもう行けないのだということを……。

「私ね、私がいなくなったあとも子どもたちになんとしても神様に繫《つな》がっていてもらいたいの。それが私の願いなの。でも鼓笛隊があるから、きっと大丈夫だって思っているわ。鼓笛隊があって本当によかった」。実家も教会も遠くて、しかも信仰のない家庭で育たれたご主人のことを思うと、子どもを残して旅立たなければならない母親がたった一つ、自分の信仰を伝える場として縋《すが》ったのが鼓笛隊だったのだ。帰ってきて、夫と話した。トシエさん一人のためだけにでも八南支部の鼓笛隊をつくって本当によかったと……。

八南支部の鼓笛隊の活動を通して、あたたかい先生方の思いのなかで育てられた床枝家の四人の子どもたちは、この母との別れに際してしっかりとその思いを受け継いでいた。亡くなる二日前の七月二十四日夜、すでに重体となっていた母を残して、高校一年生の長女綾子《あやこ》ちゃんはこどもおぢばがえりの少年ひのきしん隊のカウンセラーとして、中学一年生の二女美那子《みなこ》ちゃんは隊員として夜行バスで東京を出発した。それは母の願いでもあった。明日をも知れない母に、しっかりと最後までひのきしんをつとめてくるということと、必ず金賞を取ってくることを約束し、二人はおぢばに向かったのである。それが母との永遠《とわ》の別れとなった。そして二十六日朝、こどもおぢばがえりが華やかに幕を開けるその日、母の訃報が入ったのだった。

しかし、二人の子どもたちは母のもとへ帰らなかった。お母さんとの約束を果たすまでは帰らないと心に決めていたのだった。真夏の太陽の下、笑顔はじけるおぢばで、「お茶いかがですか。冷たいお茶どうですか」と声を張り上げてひのきしんをしている少年ひのきしん隊の隊員の中に、こんな切ない思いを秘めている子がいたのである。

お葬式は、子どもたちが少年ひのきしん隊が終わって帰ってくる八月一日まで延ばされた。そして二十七日、今度は小学五年生の三菜美《みなみ》ちゃんと、三年生の直人君が二人、鼓笛オンパレードに出場するために東京から皆と一緒にやって来た。お母さんが命燃え尽きるまで思いをかけた鼓笛隊だということを幼い子らも知っていた。一人、ご主人がトシエさんの亡骸《なきがら》を守って子どもたちを見送ったのだった。

二十八日、コンクールの朝、何も知らない隊員たちは緊張しながらも笑顔で言葉を交わしていた。お供え演奏が終わって、いよいよコンクール本番である。その直前、床枝家の四人の子どもだけを他の場所へ移して、あとの隊員たちに、支部の先生がトシエさんのことを話してくれた。「今日《きょう》はみんなに悲しいお話をしなければならない……」。これまで一生懸命世話をしてきてくれたトシエさんが亡くなったこと、それでも四人の子どもたちはお葬式を延ばしてコンクールに出てくれること、だからいまは精いっぱい、トシエさんの思いに応《こた》えて最高の行進をしようということ……。話す先生も泣いていた。子どもたちも泣

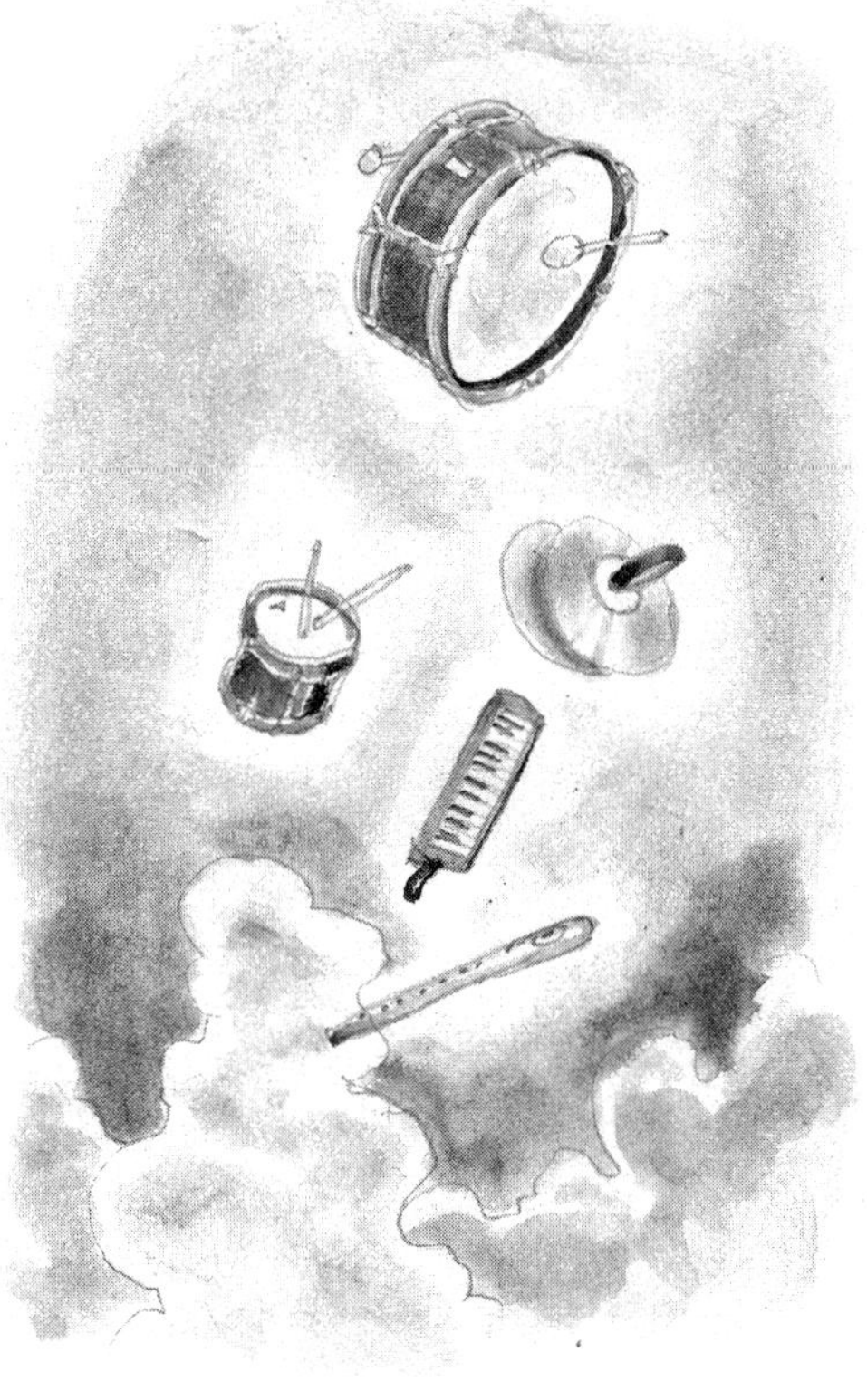

いていた。驚きと悲しみで子どもたちは動揺し、一時はこれでコンクールに出られるのだろうかと心配したが、再び隊列に加わった床枝家の四人が涙一つ見せずに頑張っている姿を見て、誰もが自分のなかにある勇気を奮い立たせたのである。そして皆で一分間の黙禱《もくとう》を捧《ささ》げた。さあ、いよいよコンクールのスタートのときが来たのだ。

観客席スタンドからはるかに、私たちの鼓笛隊が行進してくるのを見たとき、私は応援する支部の皆と共に、トシエさんがあの一途《いちず》な目で子どもたちを一心に見守っていることを心の底から感じることができた。堂々と生き生きとみんなが一つになって演奏する「サンライズマーチ」が近づいてきた。演奏も行進も素晴らしかった。隊員の一人ひとりが自分の持てる力のすべてを発揮して、いまは亡きトシエさんに捧げた演奏だった……。

「八南支部鼓笛隊、ゴールド　金賞！」。すごい歓声が上がり、やがてそれが涙に変わった。「トシエさん、取った、取ったよ。あなたがあんなに願っていた金賞、子どもたちがお母さんに約束した金賞、取れたんだよ」。私は青空に向かって叫んでいた。発足以来、銀賞しか取れなかった八南支部鼓笛隊が初めて金賞という栄冠を手にしたのだ。トシエさんの命が親里パレードの開幕を告げるあの夜空の美しい花火のように、いま一度、光り輝いたように思えたのだった。

お葬式は八南支部で支部葬をさせていただくことになった。その日、広大な八王子市の斎場は人で溢れかえり、参列者は長蛇の列をなした。あらためてトシエさんという一人の女性の生きざまを見たような気がした。コンクールのとき、涙一つ見せなかった子どもたちが泣いて泣いて涙の止まらない姿を見て、この子たちはこんなにも深い悲しみのなかを、泣き顔一つ見せずに胸を張って堂々と演奏してくれたのだと思うと、いまさらながらに胸が痛み、涙が溢れた。

通夜の晩、ひきも切らない参列者を見ながら、私は心の中で、金賞の賞状を持ってトシエさんの家を訪ねたときのことを反芻《はんすう》していた。白い花に囲まれた彼女は美しく、まるで白雪姫のように、いまにも目を覚ましそうだった。

トシエさんの母上が、最期の話を静かに語ってくださった。トシエさんは自宅で点滴をし、座薬を使い、モルヒネをのんでいたが、いまや、相当の苦しみが彼女を襲うようになっていた。

「それから、あの子が私をそばに呼んで、『お母ちゃん、話をしよう』と言うのです。そして、いままで四十五年間、生かしてもらってきたけれども、今度はいよいよこの体をお返しするときが来たと言いました。そして『お母ちゃん、オレは（私たちの田舎では、自分のことをオレって言うんです）……いままで親不孝ばかりしてきたね』と言いました。そんなことはないよと私が言うと、『いや、オレは本当に親不孝だった』と言いました。そして『今度生まれ変わってくるときには、きっと優しい子になるからね』と……。でも、神様の思召《おぼしめし》だからどこに生まれ変わるか分からないよと言うと、『ううん、オレは絶対、お母ちゃんのお腹《なか》に生まれ変わってくる。そして、今度こそきっと優しい子になるんだ』って、そう言いました。それから激しく苦しみだして救急車で病院まで運ばれました。病院に着いて少し落ち着くと、『もう楽になりたい……』と言いました。そんなこと言わないでと言うと、『もう言わなければならないことは皆言った。できることは皆やった』と言いました。最後の最後まで子どものことは一言も口に出しませんでした」

トシエさんは子としてこんなに美しい言葉で母に別れを告げていた。そして母としては、消えゆく命の終わりにどんなにかおぢばへ旅立っていった子どもたちの顔を見たかっただろうに、それ以上に、子どもたちを親神様のもとへ、おやさまのお手の中に託すことを望んだのだった。

トシエさんとの出会い、そして別れは、私たち八南支部の鼓笛隊に関《かか》わる者たちに、悲しみと同時に深い感動を与えてくれた。彼女が生きることの重みと、そして明日への勇気を教えてくれた。

生きなければ、トシエさんの分まで。あの人のように一生懸命に、一途に。

そしてこの素晴らしい八南支部鼓笛隊を大切に続けていこう。いつの日かトシエさんが生まれ変わって、憧れの鼓笛隊で、今度は自分自身がファイフを吹いて演奏してくれる日がきっと来ることを信じて……。

第六章

父逝く

別れは突然に

父はあまりにも突然に旅立った。何一つ別れの言葉を交わすこともなく、あっという間に境界を越えて手の届かないところへ行ってしまった。一日も寝込むことなく、痛み苦しむこともなく逝《い》った父を、「大往生」と人は言った。しかし、思い返せばやはり予兆はあったのだ。

十二月十日の月次祭《つきなみさい》、演壇に立った父は、教会長としてのこれまでの道中を振り返って、とりとめのない話をした。なんだか別れの挨拶《あいさつ》のようで、聞いている人は一様に顔を見合わせた。そのあとの直会《なおらい》の席では、皆をそばに呼んで楽しそうにお酒を酌《く》み交わし、よく笑った。そして翌々日の朝、体調が良くないので医者に診てもらうため下駄《げた》を履き、車に乗り込んで病院へ行った。

病院では、先生の問診に自分で答え、さらに詳しい検査をするというので、しばらく待っている間に眠りはじめた。再び先生が検査のために父を診たときには、もう息が無かったという。診察室から顔色を変えて出てきた医師に、「蘇生《そせい》しません」と言われたときは、この人は何を言っているのだろうと訳が分からず、ポカンとした。その意味がやっとのみ込めたときには、私は病院の中であることも忘れて絶叫していた。そんなことがあるものか。人はそんなに簡単に逝くはずがない……。

私が遅れて病院に着いたとき、父はストレッチャーの上で眠っているように見えた。いま思えば、もう意識が薄れかけていたのだろう。手をぎゅっと握ると、父は驚いたようにハッと目を開けて、一瞬私を見た。それから再び目を閉じたのだった。廊下でさほど心配せずに待っていた私は、蘇生しないと言われて診察室に飛び込んだ。心臓マッサージをしている医師や看護師の中に割って入って、無我夢中でおさづけを取り次いだ。すると、しばらくして医師が、心臓が動きはじめた、と言った。しかし、蘇生しても植物人間になる可能性が高い、と言われたのだった。「まさか父が植物人間だなんて」、私の心に一瞬のためらいが生まれた。ずっと胸を張って生きてきた誇り高い父が、何があっても私たちに頭を下げることなど一度もなかった父が、そんな状態で生き永らえるというのか。そう思うと私の心はひるんだ。その心の動きを知っていたかのように、父の心臓は再びゆっくりと停止していったのだった。

父の死を誰《だれ》もが信じられなかった。あまりにも唐突に襲った悲しみは、やり場のない怒りとなって、宙を舞った。母は涙も出なかった。それからは嵐のような日々が続いた。あれ以上の混乱は、いままでの人生のなかで一度もない。

父のげんこつ

元気だったころの父は、「おーい、おーい」といつも大きな声で誰《だれ》かを呼んで身の回りの用事をさせていた。目黒《めぐろ》から八王子《はちおうじ》へ越してきてからは、太った大きな体を自転車に乗せてよく走った。住み込みの人が少なくなって、父が拍子木を、子どもの私が太鼓を叩《たた》いておつとめをした日もあった。

一度だけ、げんこつで殴られたことがある。忘れもしない、小学六年生のときのこと。夏休みの学校のプールが終わったあと、私がそのまま友達と遊びに行ってしまったのだ。のんきにブラブラ帰ってきたら、父が手ぬぐいでハチマキをして、ランニングシャツのまま自転車で出かけるところだった。いきなりげんこつが飛んできた。「どこへ行ってたんだ!」「お友達のおうちに……」

「お父さんは学校へ電話して、プールの底に子どもが沈んでいないかどうか、

見てほしいって頼んだんだぞ。埒《らち》があかないからいま行くところだった」と言った。父のげんこつからは、子を思う親の気持ちが伝わってきた。夏の昼下がり、父の古ぼけた自転車をはさんで二人で向き合っていたのを覚えている。

小さいころは、父に何一つ口答えできなかった。父の力は絶大だった。心配性の父は、私を外へ出して自由に遊ばせるのを好まなかった。といって、私と遊んでくれるというわけでもなく、ただ目の届くところにいれば安心していた。

私が結婚して、子どもも生まれてからのこと。あるとき、何かの話のついでに、「私、子どものとき、自分が幸せだとは思えなかった。毎日がちっとも楽しくなかった」と思わず父に言ってしまった。しばらく父は黙っていたが、それから、「そうか。でも、わしらは一生懸命、お前を育ててきたんだ」と言った。

私は言葉に詰まった。なんということを言ってしまったんだろう。いつかきっと謝ろう、と思った。それなのに、父は何一つ言葉を交わす間もなく逝《い》ってしまったのだ。

思い出話

父が亡くなり、その急な旅立ちに、嵐の中を駆け抜けたあとのような慌ただしい時間が過ぎてしまうと、母は初めて真に父がいないことの虚脱感に襲われたようだった。

振り返ってみれば、天理中学生、天理女学校生のころに出会い、その後母が天理女子学院を卒業すると、まだ早稲田大学の学生だった父と学生結婚をし、それから戦争に入り、戦後の飲まず食わずの布教時代があり、まさに父と共に歩んだその一生は波乱に満ちたものであったと思う。

その夜の母は、これまでに見たことのないほどの無力感に包まれていた。私が母に話しかけると、母はポツリポツリと語りはじめた。脈絡のないこれまでの折々の話である。

「広島で布教をしていたころ、お父ちゃんとけんかしてん。『もう帰らしてもらいます』と言うと、『おう、帰れ』と言わはって……」

虎の子の片道切符代を握り締めて真っ暗な夜道をトボトボと駅に向かって歩いていった。駅で買った切符を握り締めて汽車に乗ろうかどうしようかと迷っていると、ふいに後ろから「乗るのか、乗らんのか」と声が掛かったという。

「お父ちゃん、夜道が心配で、そっと付いてきてはったんや。『乗らんのやったら、俺《おれ》に付いてこい。帰るぞ』と言われて、思わず『ハイッ』と言って帰ってきてしもうた。そんなこともあった」

父在りし日、「おい、お前、これを見てみい」と父から麻糸《あさいと》で綴《と》じた古ぼけた帳面を見せてもらったことがある。父の字で「御供台帳《おそなえ》」とあった。飲まず食わずの広島布教時代のものである。中に、「一、小芋少々」「一、菜っ葉三株」などとあって、信者という信者のいないなか、これらのお供えをどれほどありがたく受け取っていたかが窺《うかが》われる。「いや、懐かしいな、どうや、これ。このころを思い出すと、今日の自分に忸怩《じくじ》たる思いがする」と父は言った。

戦争で失ったはずの命と思い定め、理想と情熱の赴くままに、若き二人は毎日、西へ東へと歩き回って布教したのである。

飛行機乗り

昭和十五年、父と母は結婚した。暗雲垂れ込める日本は、翌昭和十六年、太平洋戦争に突入、父は海軍航空隊を志願し、零式《ゼロ》戦闘機のパイロットとなった。

飛行機乗りの妻たちは、常に喪服を携帯するのが心得の一つだったと母は教えてくれた。戦場に行く前の飛行訓練中に飛行士たちは命を落とすことがあった。父と一緒に岩国《いわくに》、大分などの航空隊を転々とした母は、下宿の窓を開けて訓練の様子を見ていると、そのなかの一機がくるくると輪を描いて落ちていくのを見ることがあったという。あれは、夫の乗っていた飛行機ではないかと、帰ってくるまで気が気ではなかったと話していた。

それ以前に母は、長男義輝《よしてる》を生後半年で亡くしている。いつだったか、父から当時母に宛《あ》てたハガキを見たことがある。「嬶《かかあ》元気か？　義輝は？」と大きな字で二行書いてあった。照れ屋の父らしい文面である。

長男を亡くしたとき、祖父の妹である東本《とうほん》大教会の中川《なかがわ》トミエ叔母《おば》に「泉《いずみ》さん、これはご守護なんやで」と声を掛けてもらったという。しかし、「子どもが死んで何がご守護や」と、言うに言えない憤懣《ふんまん》を覚えたという。「だが、今日になってみて、わしの身代わりになってくれたのかもしれん、と思うと、叔母の言ってくれた意味がやっと分かったような気がする」と父は言っていた。

その後、父は厚木《あつぎ》の航空隊で特攻隊員として出撃する直前の訓練中に病に倒れ、戦列を離れざるを得なくなったのである。父は戦死を免れたのであった。療養生活は長く続いた。大勢の友が戦死していくなかで、父がどのような気持ちで終戦を迎えたのか、知る由もない。

やがて昭和二十三年、大教会のご命により、広島へ布教に出るのである。友が死に、自分が生きている。拾った命と思えばどんなこともできた、と父は言っていた。広島で、父とけんかした母が、切符を握り締めて駅で立っていたとは、このころの話である。

その後再び、大教会の意向で芝白金《しばしろがね》分教会の事情復興のため、広島をあとにして上京したのであった。やっとできたわずかな信者の人々が、別れを惜しんで泣いてすがるのを振り切るようにして上京するのは断腸の思いであったと、父は述懐していた。振り返って晩年、「あのまま広島にいたほうがよかったかもしれんなあ」とポツンと漏らしたことがあった。広島での道中は若き二人がただ一筋に神様のご守護を信じ求めて、おたすけに歩いた生き生きとした日々だったのであろうと想像する。

父の言葉

「お前、これ読んだことあるか?」と夫が一通の手紙を私に手渡した。

それは昭和四十五年五月三十一日消印の、東京の母から天理の祖父へ宛《あ》てた速達である。祖父の書簡類を整理していたときに出てきたものだった。親元を離れ天理高校に入学し、寮生活を始めたばかりの私に起こったある出来事をめぐっての内容だった。

天理の街には古い知り合いやら親戚《しんせき》が多く、たまたま遊びに行った先でのことだった。ちょうど天理に来ていた父と母に、「今日《きょう》、私、とっても変なこと聞かれたの。『京子さん、いつから芦田さんの子にならはったの?』って。私、何を勘違いしているんだろうと思って、『えっ? 私、生まれたときから芦田京子ですけど』って笑って言ったら、おばさんなんだか恥ずかしそうだったよ」と言ったのだった。そして、深い考えもなくなんの気なしにこう付け加えた。「でもいまさら、どっちだっていいことだけどね」。父はこのときの言葉をよく覚えていると後に言っていた。

父も母も慌てた。この地にいれば、いずれ誰《だれ》かの口から耳に入るだろう、そう思うと母は、他人から聞かされるのではなく自分の口で真実を伝えたかったのだ。だが父は「絶対言ってはならん。京子がどれほど寂しい気持ちになるか」と断固反対したという。おそらく、父に逆らったのは、あとにも先にもこのときだけではないかと思うのだが、母は自分一人ですべてを話す決心をした。もちろん父は母が話したことを知らなかった。考え抜いて私に話したものの、そのまま寮に残して、天理の街をあとにしなければならなかった母の懊悩《おうのう》が、その手紙から伺われる。母は私にすべてを話したことを天理に住む祖父に話し、その後《ご》を託したのだった。

お父様、お元気にお過ごしですか。……中略……今日《きょう》の夜、電話がありました。泉《いずみ》（父）は留守でした。話のなかで、京子が「この間の話、私に話したことを誰にも言ってないわね。言わないで」と言いました。京子に会われたときの様子はどうだったでしょうか。しばらくは気持ちも落ち着かないのが当たり前と思いますが……。こちらへ帰ってから、私が日増しに京子の気持ちを考えて落ち着かないもので……。初めて聞かされた京子は、さぞかし思い出してはなんとも言えない気持ちで過ごしているだろうと思うと切なくなります。神様に、どうぞ京子の気持ちを一日も早く楽に落ち着かせてやってくださいとお願いしております。

お父様、京子がはっきりと自身で話を出さないかぎり、そっとしておいてやってください。もしもそれとなしの話で問いかければ、そのときはそれとなしの話で答えてやっていただきたいのです。なんだか大変むごいことをやったようで京子がかわいそうでなりません。お父様よろしくお願い致します。私たちの気持ちが素直に京子に通じるように祈るばかりです。前々からこの日の来ることは覚悟していたはずですのに……後略……。

何度も繰り返して私のことを頼んだうえ、なお追伸がある。

一人で気持ちを整理しようと誰にも言わずにこらえている京子の気持ちをなんとかたすけてやってください。

私を思う母の切々たる気持ちが伝わってくる手紙だった。いつか私に見せる日が来るかもしれないと思って、祖父が取っておいてくれたのだろう。私が顔を見せるたびに、祖父は電話を入れて母に私の様子を知らせていたと聞く。

だが、周囲の心配をよそに、私はさほど動揺していなかった。母が本部の神殿の廻廊《かいろう》を何度も回りながら話してくれたときに、「京子は京都のお母さんのお腹《なか》を貸していただいて生まれてきたけど、お母ちゃんの子どもになることを神様が決めておられたのだ」という話をすんなり受け取ったのだった。「ああ、そうだったのか。だから……」と、これまでの小さいときからの幾つかの場面が脳裏に浮かんだ。

「お母ちゃん、今日ね、学校で『お前なんか橋の下で拾われたんだ』って男の子に言われたよ」と言ったとき、いつものように朗らかに笑っておしまいにすると思ったのに、「誰がそんなこと言うの?」と顔をくもらせた母。「私って、お母さんが幾つのときに生まれたの?」と聞いたら、返事に窮していた母。中学のとき、国語の授業の時間、自分の名前の由来を聞かれたとき、私が元気よく手を挙げ、「私は歴史のある古い京都の良さと近代的な東京と、両方の良さを兼ね備えた子になるようにと京子ってつけてもらいました」と答えると、女の先生が「それはいい名前の由来ね」と言いながら、なぜかうつむいてしまったこと。出生にまつわるたわいのない話のなかの、ちょっとした表情、言い淀んだ言葉の感じ、不思議なことに私はそれらのすべての事柄を何の脈絡もなく、はっきりと記憶していた。話している母も、聞いている私も、涙は止めどなく流れたが、それは悲しみの涙でも寂しさの涙でもなかった。なんの涙だったのか。多分それは「人が生きていくことの切なさ」とでもいうのだろうか、そんな涙だったのではないかといまになって思う。

私は案外すぐに立ち直り、表面は元気に寮生活を送っていた。母も安心して半年後に、ついに私にすべてを話したことを父に告白したのだった。父は激怒した。母に「お前は、なんとむごい母親じゃ」と泣いて怒ったという。そして、すぐに寮に電話をかけてきた。電話に出た私に父はいきなり、「京子、お前は俺《おれ》の子やぞ。俺の子やぞ」と叫ぶように言ったのだった。

そうだった。私は本当に父の子だった。思い悩んだ日もあった。反発して言いたいことも言った。でもいつか、伝えられると思っていた。その時間があると思っていた。父がかけがえのない、たった一人の父親であることを……。せめて、一言だけでも言葉にして伝えたかった。

多くの方々に心から見送ってもらった父は幸せ者だった。そして、思いもかけず、生前父が敬愛してやまなかった方がお別れに父の元を訪れてくださったことは、生涯道一筋に通りきった父にとって、どれほどの感激であったかしれない。それまで気丈に振る舞っていた母は、このとき初めて涙を見せたのであった。

だが、一人の人間として、父が何より嬉《うれ》しかったのは、三人の孫たちが泣いてすがっておじいちゃんから離れようとしなかったことであろう。

一夜の母

父が亡くなってから、母はこれまで心の中にしまっていたある思いを語りだした。
「孝宣《たかのぶ》が生まれたときは、お前にすまないことをした。あのとき、和子《かずこ》さんはうちのこと、なんと思わはったやろう」。母にとっては初孫となる長男孝宣誕生のときのことである。「和子」というのは生母の名だ。

私が長男を出産し、病院から意気揚々と帰ってきたら、家には私たちを迎える準備が何もできていなかった。母の叔母《おば》である松村《まつむら》アヤ先生が亡くなられ、父も母も大慌てで大阪の大教会へ行ってしまったのだ。私の退院を見届けると、夫も手伝いにいくと言って行ってしまった。一人残された私は呆然《ぼうぜん》とした。

十二月の寒さのなか、ストーブもない部屋でいつまでも子どもは泣きやまなかった。居合わせた信者さんたちがあれこれと持ち寄り、なんとかその場をしのいだが、私はひどい混乱状態に陥っていた。

そこへひょっこり生母が現れたのであった。「お母様がお忙しくてさぞ大変だろうと思ってね」。葬儀の話を聞き、母が私の世話ができないであろうと考えて来てくれたのである。私たちの様子を見てどう思ったかは分からないが、私が神経が高ぶって眠れないのを見てとると、赤ん坊を一晩預かってくれた。私の肩を揉《も》み、戸の開け閉めで軋《きし》む音がうるさいだろうと敷居にロウを塗ってくれた。

生母の心配りは細やかだった。親子と分かってからも一度もそれらしい交流のない母と子であったが、その日私は、何を考える余裕もなく自分と子どもを生母に預けたのだった。生母は一晩泊まると翌日の夕方、帰っていった。私が心細そうにしていると、「後ろを向いて」と言って肩を揉み、何も語らず帰っていった。

父の葬儀が終わったその夜、母が語りだしたのは、そのときのことだった。母は長い間、そのときのことを心の底で悔やんでいた。退院して帰ってくる私たちのために、何一つ準備しておかなかったことで、私や孫にかわいそうなことをしたと思っていたのだろうし、さらにそこへ生母が来たということが母の心に打撃を与えたのだ。「和子さんはうちのこと、なんと思わはったやろう」とは、そのことだった。だが、母の口からそんな言葉が出たのは十数年も経《た》った、その日が初めてであった。父が亡くなり、いままで堰《せ》き止めていた思いが溢《あふ》れ出たのかもしれない。

私は言った。「お母さん、そうじゃないの。お母さんは私のためにできることを、和子お母さんにとっておいてくれたのよ。一日だけ母の座をあけておいてくれたの。そしてね、私にも生んでくれたお母さんの思い出を一つ作ってくれたの。だから私はとてもお母さんに感謝しているのよ」。母は力なく、「そうやろうか」と言った。母の話はそこで途切れた。そして黙って椅子《いす》に凭《もた》れながらガラス越しにいつまでも冬の夜空を見つめていた。

父は、このときの母の心の揺れをおそらく知っていただろう。母は誰《だれ》にも言えない苦しい胸の内を父にだけは語っていたと思うからだ。私という子どもを育てると決意した日から、二人は互いの心の一番深いところで心を通わせてきたと思う。父は誰よりも母のことを思っていた。

暴れん坊

父は母のことを一番大切に思いながら、また、一番苦労をかけてもいた。父は、お酒を飲んだ。母にとっては、父のお酒は何よりの悩みの種ではなかったか。

目黒《めぐろ》の教会で父は、当時行く当てのない若者や病人を大勢教会に預かり苦労していた。母はその人たちにご飯を食べさせるため、毎日お米を借りに歩き、近所の豆腐屋でおからを貰《もら》ってきたという。借金は増える一方だった。「今日《きょう》はしのげるか」「明日はあるのか」。そのころの話になったとき、父は「だんだん気持ちが重うなってきてのう」と言っていた。そしてよく酒を飲んだと。父は晩酌などはしなかった。教会にはそんな余裕はなかったのだ。しかし、いざ飲みはじめたら父のお酒は終わらなかった。

父が亡くなってから、私が大教会から派遣されて各地の教会で布教実習に回っていたとき、ある教会で私がはじめの挨拶《あいさつ》をしようとしたら、いきなり一人の男性に「あんたのお父さんはね、昔ここで酒飲んで言いたいことを言って帰ったんだよ。あんたも話なんかしないで歌でも歌って帰ったらどうだい」と言われた。なんの苦労も経験もない若い女がやって来て自分たちに何を教えるんだ、といった気持ちもあったのだろう。私の心は一瞬冷たくなった。が、すぐに「申し訳ありません。私は歌が下手で、この次までに練習しておきますので、今日は勘弁してください」と言って、その場を切り抜けたことがある。その日はなんとか終わりまで元気につとめたが、帰り道、私の心は暗かった。いろんな思いが交錯した。心の中で「お父さんたら、生きてるときだけじゃなくて、いまも私に厳しいんだから……」と天を仰いで文句を言いかけた瞬間、私はハッとした。父亡きあと、あれほど理不尽に私を厳しく仕込んでくれる人はもういない。私は父の言葉を思い出した。父はよく「もっとアホになれ。お前のは利口バカというんじゃ。アホにならんと神さんの御用はつとまらんぞ」と言っていた。そうだ、そうなんだ。父は亡くなってからも思わぬところで登場して私を導いてくれているんだ。そう思うと心は晴れ、また力が湧《わ》いてきた。

大教会から出向いて「先生」と呼ばれてお話をして布教実習をする、それだけならそこになんの心の苦労があろう。厳しい言葉を浴びせられても、それを喜んで受けて、勇んで御用をつとめてこそ意味があるのだと思った。「お父さん、死んじゃってからも私を仕込んでくれるんだね。あんまり嬉《うれ》しくないけど、でもありがとう」。心の中でそう言った。父がどこからか目を細めて私を見つめてくれているような気がした。

祖父は、父のそういったお酒の上での振る舞いをよく知っていながら、一言も小言を言わなかった。黙って父を見ていた。「泉《いずみ》の性分はあれこれ言うたらあかんのや」といつか言っていた。祖父の話の中から私は「おじいちゃんは、お父さんのことを本当に自分の息子が帰ってきたと思っているんだなあ」と感じたことがある。嫁や婿《むこ》は他人ではなくて、よそで育てられた自分の子が帰ってくるのだと教えられている。祖父はタイプも性格もまったく異なる父に、自分と同じ、ひたすらに親に真心を捧《ささ》げて生きる一筋心があるのを知っていた。若いころの父の粗暴ともいえる振る舞いのなかに、磨けば光る宝石の原石を見ていたのだ。

祖父は時折、八王子《はちおうじ》の教会にやって来た。そして月次祭《つきなみさい》で講話をした。私は一度だけ祖父に、父の身勝手な振る舞いがお母さんを苦しめていると言いつけたことがある。祖父はニコニコしながら「そうか」と言って聞いていた。しかし父にも母にも何も言わなかった。が、月次祭の当日、演壇に立った祖父は珍しく芦田家の信仰の元一日から今日までの道すがらの話をした。祖父十二歳のときに母親が亡くなったこと、それから父松治郎《まつじろう》が現世のすべての欲を離れて神の道に生きることを決意したこと、残された自分と妹の日々、一つひとつを心を込めて話してくれた。私はその話を聞きながら「おじいちゃんは、お母さんに聞かせているのだ」と思った。「すゐ（母の名）、私たちはそんな中を通り越して今日があるんやぞ、それを忘れてはならん。親々の苦労を思って、どんな日があっても心を倒さんとこの道を通り抜けてくれ」。私は祖父が心の中で母に一言一言、噛《か》んで含めるように諭しているのが分かった。娘を思うあたたかい親心だった。祖父は月次祭が終わると、何事もなかったかのようにニコニコと父や母と言葉を交わし、また帰っていった。

そんな祖父が亡くなった日の夜、父は大荒れに荒れた。父は本当は、祖父の切ないまでの一途《いちず》なつとめ方を誰《だれ》よりも分かっていたのだ。

祖父亡きあと、父もその志を受け継いで全身全霊を込めてつとめた。父の晩年、あるとき、当時の大教会長松村道代《まつむらみちよ》先生が私にこう言われた。「あんたなあ、しっかりお父ちゃんの面倒みてや。いま、一番大切な人やからなぁ」。私が父にその話をすると、「そんなもったいないことを、このわしに言うてくださったのか……」と言って、涙をはらはらとこぼした。父が亡くなったとき、道代会長様は父の亡骸《なきがら》を前に「私が言わんならんきついことも、汚いことも、皆この人が言うてくれた」と言って涙をこぼされた。

天下の暴れん坊の父が、人生の終わりに親と仰ぐ大切な方からそんなありがたい言葉を頂いたのである。

親会長

父が人生の師とも、育ての親とも仰ぐ松村吉太郎《まつむらきちたろう》先生を人は、親会長と呼んだ。父にとってはおそらく八十一年の生涯で最も大切な方ではなかっただろうか。

吉太郎先生ご逝去《せいきょ》の報を、父は北海道帰省中に知った。急きょ大阪の大教会へ戻る途中、青函《せいかん》連絡船で海を見つめているうち、自分までもが海に飛び込んで、あとを追っていきたいほどの気持ちになったという。「親会長がもうおらん。これからの自分は何を励みにして生きていったらいいのか……」。父の悲嘆は深かった。「だってそうやろ、これからどれだけ頑張ったところで、それを見て喜んでくれる人がいない。褒《ほ》めてもらいたい人がもうおらんのやからな」

松村吉太郎先生

父は吉太郎先生のご恩になんとか報いたいと思っていたし、それ以上にその人柄に心底惚《ほ》れ込んでいた。どんなに辛《つら》いこと、苦しいことがあっても「もしわしがケツ割ったら、わしを見込んでくれた親会長の顔に泥を塗る。そう思ったから今日までやってこれたんや」と言っていた。

父は、立場や名声などよりも親会長さんの「泉《いずみ》、ようやった」というただ一言がほしかったのだ。父はあちらの世界で、青年の日の憧《あこが》れと敬慕の心そのままに、親会長さんにお目にかかれたのだろうか。そして、この人生で父が一番ほしかった言葉を掛けていただくことができたのであろうか。

第七章

幸せの在りか

おじいちゃんとおばあちゃん——この素晴らしき存在

長男が高校を卒業した。子どもの成長は、その節目節目を振り返って、いろいろな来《こ》し方を思い出させてくれるものである。

この子の中学の入学式には、私は行ってやれなかった。病気で入院していたからである。夫も都合がつかず、結局、入学式には「おじいちゃん」が行ってくれた。居並ぶ礼服姿の父母の中で、一人だけ紋付羽織袴《はかま》姿の父は、さぞかし目立ったことだろう。

昨年の暮れ、その父が一日も病まずに、八十一歳で安らかに世を去った。三人の孫たちは、それぞれに父との思い出があり、その悲しみは深かったが、やはり、父は、長男に対する思い入れが最も深かったように思う。思えば、孝宣《たかのぶ》を出産して初めて父が面会に来てくれたときも、やっぱり紋付羽織袴姿だった。

あとで母に聞いたところによると、初孫に初めて会うのだからと、上機嫌で朝から髭《ひげ》を剃《そ》り、わざわざ着替えて来てくれたのだという。

三人の孫たちの中で、「おじいちゃんの鉄拳」を振るわれたのも孝宣だけである。中学生のとき、父と一緒の部屋で寝ていた彼は、眠っているところを教会の青年さんにそっと起こされて、ラーメンを食べに連れていってもらった。父がふと気がつくと孝宣がいない。どうやら出ていったらしいと目星をつけると、父は、玄関に陣取って帰ってくるのを待った。

そこへ二人が意気揚々と帰ってきた。玄関に入るや否《いな》や、「おまえら、こんな時間にどこへ行っとったんじゃ」と言うなり、父のパンチが孝宣に飛んだ。あとで父から聞いたところによると、孝宣はよろけて倒れたが、すぐに立ち上がってまた直立不動の姿勢になり、もう一発パンチを受けたという。

「ああいうときはな、連れていったやつを怒ってもあかんのじゃ。せっかくおごってやったのに……と不足させるだけでな」とあとで言っていたが、父が部屋に引き揚げるとすぐに孝宣がやって来て、一言の言い訳もせず、「おじいちゃん、心配かけてすみませんでした」と謝ったという。「そうか、分かったか」と言うと「うん」と言って、そのとき初めてポロッと涙を流したと、父が教えてくれた。それ以来、父は「のぶは男らしいやつじゃ」と長男の人間性を買っていた。

何かの折に、孝宣にそのときのことを聞いたら、「あれはおじいちゃんのやさしさだった」とはっきりと言った。何かが子どもの心の中にぐいっと入り込んだ貴重な体験だったのだろう。

彼の高校で面白い調査があった。たくさんの項目の中から、自分にとって大切なものを三つ選ぶのである。お金、友人、音楽などと雑多なものの中に「祖父母」という項目があった。彼は「祖父母」を選び、「何もしなくていいから、ただ単にそばにいてほしい存在」と書いていた。「おじいちゃんとおばあちゃん」について、これほど本質を突いた答えを私はほかに知らない。

父が亡くなったとき、最期の別れの瞬間、周囲に響き渡る声で父の棺《ひつぎ》に向かい「ありがとうございました」と言って、いつまでも最敬礼をしていた長男の姿が忘れられない。

私たちは、ついつい見過ごしてしまっているが、「おじいちゃんとおばあちゃん」は孫にとって、何よりの天からの贈り物なのである。

二人の父からのメッセージ

私には産みの母という存在がいたのだから、実の父親と呼ばれる人もいたのである。しかし、残念なことに、その父は私が一歳を過ぎたころに亡くなっているのでまったく記憶にない。だから、これは幼いとき、私の子守をしてくれたきみちゃんから聞いた話である。

ある日、私が柱に頭をぶつけて大泣きした。きみちゃんが私を泣きやまそうとして「悪い柱さんねえ」と言って柱を叩《たた》いていると、生家の父がきみちゃんを呼んでこう言った。「あのな、柱というものは、もともとそこにあるものや。いくら痛い思いをしたからといって、もとからあるものにぶつかっていったのは京子や。小さな子どもでも道理に外れたことを教えてはいかん」

よほど印象深かったのか、きみちゃんは成人した私に何度もその話をしてくれた。生家の父親の記憶がまったくない私にとっては、これが伝えられる唯一の父の教えである。年々強くなって、近ごろは大黒柱にもぶつかっていきそうな私は、このごろになってその言葉を思い出す。父は赤ん坊のときすでに、私にとって生涯大切なことを教えてくれていた。

私の記憶に残る唯一の父、芦田泉《いずみ》は、厳しい半面、情の深い人でもあった。怒るとものすごく怖かったが、私が病気になったときなどは、とても細やかな心遣いをしてくれた。

最近になって、ある人が教えてくれた。父が「わしは、京子に親らしいことは何一つしてやらなかった。だから、せめて結婚だけは好きな男とさせてやりたい。そのためならどこへでも行って、いくらでも頭を下げるつもりだ」と言っていたという。そんなことはつゆ知らなかったが、教会の跡取《あととり》娘という難しい立場にありながら、私は父の言う通りとても幸せな結婚をした。

その父が晩年、一枚の書をくれた。孫たちが冬休みの宿題で書き初《ぞ》めをしているとき、孫の筆をとって私のために書いてくれたのである。「阿呆《あほ》になれ、為　京子」と記してあった。貰《もら》ったときにはその言葉に込められていた深い意味も、父の思いも分からなかった。だがそれから数年が過ぎて、父が亡くなり、その後、どうしても心の治めどころが見つけられないようなことが起こってきたとき、私は父が書いてくれた書を思い出したのだった。父が「阿呆になれ」と書いてくれた意味は、「どんなことも許せる心、どんな人も抱えて通れる大きな心になれ」ということだと、そのとき初めて私は悟ったのである。自分流の正しさを信じ、負けることを知らない私に、それでは教会長の家内はつとまらないよと、父は教えたかったのだろう。

二人の父の教えは、私にとって大きな人生の糧《かて》となった。二人とも娘の性分を知り、その行く末を思い、祈ってくれた。その親心にいつかは応《こた》えられるようになりたいと思う。

精一杯、泣いて、笑って五十年

四季は優しい。どうしてこんなに何事もなかったかのように、静かに移り変わっていくのだろう。私の体の中を確かに季節が通り過ぎていったはずなのに、いつも知らぬ間に時が経《た》ち、気がついてみると周囲の景色が変わっている。

人の一生もこんなものかもしれない。現代人は自分の意志を大切にするので、なんでも自分で決めて今日《きょう》まで生きてきたように思っている。私もそうだった。進学も結婚も、いつも自分で選択してきたから、決めることは決めていたのだろう。だが気がつくと、いつの間にか辺りの景色は変わっていた。子どもを三人も与えていただいた。そうだ、あのころは父も母もとても元気だった。辛《つら》いことも、楽しいこともあった。季節を幾つも過ぎて気づいてみたら、父がいなくなっていた。自分の意志どころか、まるで夢の中を生きてきたような気さえしてくる。

父が亡くなったとき、母はあまり取り乱さなかった。父の最期に少しも惨めさがなく、明るく幸せなものだったから、と母は言った。その後もいろんな日があって、さすがに寂しげに見えた日もあったが、どちらかというと、あまり周囲の者に心配をかけることはなかった。

だが今年の夏、母が私や子どもたちと一緒になって花火をしたとき、「おじいちゃん、花火に乗って、帰ってこないかな」と一言、言った。夏の夜の花火の一瞬のきらめきの中から、浴衣姿の父が、いまにも笑いながら現れそうな気がしたのだろう。そのときに、「お母さん、お父さんに会いたいんだろうなぁ、寂しいんだろうなぁ」としみじみ思ったのだった。

夫婦というのは不思議なものである。生前の父は、なかなかの亭主関白で、母は父のワンマンぶりに辟易《へきえき》していた。何につけても「おーい、すい子」（母の名はすゐだが、父はいつもこう呼んだ）と呼びつけるので、以前わが家に下宿していた子が、父のことで一番印象に残っているのが、この「おーい、すい子」だと言ったほどだ。

それでも晩年の父は、私たちから見ると、ずいぶん母を大切にしていた。母が貧血を起こしたりすると、なぜもっと母を大切にしないのかと、全員が招集されて怒られた。母が嫌だと首を振ると、絶対に無理強《じ》いをしなかった。なんだかんだと言っても、苦労をかけてきたと思う分だけ、大切に思っていたのである。

もう一人、父をしのぐような超ワンマンなご主人と共に生きた奥さんを知っている。

ご主人が亡くなられてから、その奥さんに聞いたことがある。「もし、生まれ変わったら、もう一度、ご主人と結婚したい？」と。すると、なんのためらいもなく「もちろん」と言った。「今度こそ、私がしっかりして、お父さんを幸せにしなければ」。私は目を丸くして聞いていた。

母にも同じことを聞いてみた。やはり、間髪を入れずに「そりゃ、お父ちゃんがいい。だって慣れてるもん」と照れ屋の母はそんな言い方をしたが、私は長年連れ添った夫婦というのはいいものだなぁと、このとき心から思ったのだった。

長い年月、幾山河、愛した日もあり、恨んだ日もあったろう。でも共に生きてきたからこそ、今日という日の深い愛があるのだと思う。夫婦の本当の愛を、コンビニエンスストアやスーパーマーケットで手軽に買える物と混同してはいけないのだ。

数年前、金婚式のお祝いをした。といっても子どもは私一人なので、私たち夫婦と孫三人の、実にささやかなものではあったが、そのとき、父と母が、記念に書いてくれた色紙がある。それには、二人の来《こ》し方五十年の思いが記されていた。

膝《ひざ》の上でしょんべんした子が
祝《いお》うてくれる金婚式　泉

精一杯、泣いて、笑って五十年　すゐ

父の写真を見つめていたら

窓に差し込むあたたかい日差しの中で、母と私は一枚の写真を見つめていた。八年ほど前に亡くなった父の写真だ。「お母さん、お父さんがいなくなって寂しい？」と問いかけると、八十六歳になる母はニコニコしながら急に拳《こぶし》を握って、ボクサーよろしく父の写真に向かってエィッ、エィッと二、三発ほどパンチをくらわせた。私たちはそれから顔を見合わせてはじけるように笑った。

元気だったころの父は、縦のモノを横にくらいはしたが、遠くから呼ばれて飛んでいくと、「テレビのチャンネル回せ」だったりして、リモコンができて、私たちはその恩恵を最も受けた家族の一つではないかと思うくらいだ。世界は、完全に父を中心に回っていた。

そんな父も孫ができると一変した。初孫である長男が誕生したときの父の喜びようは、はたから見ていてもいじらしいほどだった。あるとき私は、父が孫を寝かしつけるのに、小さい声で子守歌を歌っているのを聞いた。よく聞くとそれは、一節太郎《ひとふしたろう》の『浪曲子守唄《うた》』だった。

余談になるが、父は結婚式に招待されると、よくこの歌を歌った。よっぽど好きだったのだろうが、世の中広しといえども、これから結婚する二人を祝福する場で、「逃げた女房に未練はないが」などと歌う人は、父以外にいないだろう。父の人柄やその独特のユーモアセンスをよく分かっている人たちには大うけしたが、「結婚式でこれを歌うと決して嫁は逃げない」などといくら言い訳したところで、聞いている人たちはあっけにとられるのが普通だ。いつか結婚式に夫が同席したとき、父が例によって歌いはじめたら、フォローのしようがないくらい会場がシラーッとしらけてしまって、冷や汗をかいたと言っていた。このように、まったくもって唯我独尊の父であったが、そんな父にとっても孫と暮らす毎日はこれまでの人生にはない楽しい日々だったと思う。同時にそれは、子育てをめぐる父と私との攻防戦の始まりでもあった。

私もいまになれば、なにもあんなにガチガチになることもなかったなぁと思えるが、当時は育児書通りの子育てをしようとして、チョコレートやガムは食べさせないだの、ちょっと大きくなってからはテレビゲームはなるべくやらせないだのと、いろいろ神経をとがらせていた。父はそんな私の思惑をまったく意に介さなかった。やがて孫は三人になり、おじいちゃんと三人の孫は、セットになってよくいろんな所へ出かけていった。

先日、長男と父の話をしていたら、「そういえばオレ、おじいちゃんにパチンコ連れていってもらったことがある」と言うのだ。「えーっ、いつ?」と聞くと、「中学一年くらいかな」と言う。「おじいちゃんとオレたち三人で回転寿司《ずし》食べに行ったんだよ。寿司屋の隣がパチンコ屋でさ、おじいちゃんがちょっとだけやってみるかって言うから、えい子とてるを寿司屋においといて二人で行ったんだ。そうしたらさ、大当たりしたんだよ。それでおじいちゃんもオレもやめられなくなっちゃって、夢中になってやってやっていたら、えい子とてるが捜しに来てさ、それでやっとやめたんだよ」と言った。まだ小さかった下の二人の子どもにもしっかりと箝口令《かんこうれい》がしかれていたのだろう、今日に至るまでまったく知らされていなかった私は、いまさらながらあきれてものが言えなかった。二人で大笑いしたあと、息子が一言、「おじいちゃんとはいろんな思い出がある。楽しかったな」と言った。

その昔、私が思い通りの子育てができなくて悩んでいたら、「多分、時間がすべてを解決してくれると思うよ」と言ってくれた人がいた。いま思えばその人の言う通りで、むしろ私の小さな思いから離れたところで子どもたちは生きる勉強をしたように思う。

何もかもマニュアル化したいまの時代、かつての私と同じように多くの母親が「こうあらねばならない」と完璧《かんぺき》な子育てをしようとして逆に苦しんでいる。

しかし、こと人間に関するかぎり、「完璧」であることはそれ自体が不自然なことではないだろうか。

私は母の部屋にある父の写真を前にして、「内緒で子どもをパチンコに連れていくなんて」と恨み言を言いかけた。しかし、パンチをするつもりの手は知らず知らずのうちに胸の前でしっかりと合わされて、いつの間にか私は「お父さん、子どもたちをかわいがってくださって本当にありがとうございました」と心からのお礼を言っていた。

父ありて人生の〝サクラサク〟

絶体絶命。人生で一度もそんな場面に遭遇したことがないという人はいないだろう。私にもあった。天理高校三年の夏休みの終わり、明日は寮へ帰るという日のことだった。父が急に「おい、京子。お前、大学どうするんだ？」と聞いてきた。進学コースにいたので大学には行かせてもらえると思い込んでいた私に、父はいきなり「大学なんて行かんでいい。高校を卒業したら、わしの手元で教会の用事を手伝え」と言うのである。私はびっくりして「大学だけは行かせて」と懇願すると父は一言、「それならお前の受験する大学は、お茶の水女子大一校のみ。浪人は許さん。落ちたら修養科」と言う。国立の難関校の名前を聞いて私は真っ青になった。急にそんなこと言ったたって……。それに、なんで夏休みの最後の日に言うんだと、私は父の理不尽さをさんざん訴えたが、父は頑として譲らなかった。そして最後に「やってごらん。お前ならできるよ」と言った。大泣きした翌日、天理の寮へ戻る列車の中で考えた。どこにも逃げ道はない、やるしかないのだ、と。

二学期早々に模擬試験があり、志望校の欄に父に言われた大学名を書くと、それを見た先生に「お前、ほんとに受けるの？」と言われ、恥ずかしさで真っ赤になり小さく「ハイ」と答えたのを覚えている。それからは睡眠時間を極端に縮めてひたすら勉強した。十八であのモーレツな父親に仕える生活だけはなんとしても避けたかったのだ。私の成績は、（$y=ax^2$）のグラフのように放物線を描いて上昇していった。

年が明け、いよいよ入試が迫ってきた。本番一度だけの試験では不安なので、試しに津田塾《つだじゅく》大学の試験を受けたいと父に頼むと、父は「試しだな？」と念を押してから許してくれた。その試験に受かった私は、父はあんなことを言っていたけど、きっと入学手続きはしてくれるだろうとタカをくくっていた。だが、締め切り期日が来ても、父は知らん顔。国立大学の試験はその手続きのあとなので、もし本命に落ちたら、せっかく受かった大学にも私は行けないのだ。そのときも泣いてわめいたが「初めの約束通り」と父は取り合ってくれなかった。

国立大学の試験も終わり、明日はいよいよ発表という日。不安な気持ちで落ち着かない私を呼んで、父が言った。「お前、明日落ちたらどうする?」。思いやりのない父の言葉に私の心は逆立った。すると父はつづけてこう言った。

「わしはな、お前に、自分の運命に対峙《たいじ》して一歩も引かんという強さを身に付けてほしいんじゃ」。そして、かつて苦学生だった自分が、生涯の師とも呼ぶ松村吉太郎《まつむらきちたろう》先生から大学受験のチャンスを与えられたときのことを話してくれた。

「親会長は『お前な、落ちたらどこへも行かんと、俺《おれ》のところへ帰ってこい』と言わはった」。私は黙って聞いていた。

翌日、一人で発表を見に行く途中、電車の中で考えた。「落ちたら、もし落ち

たら……私も父のところへ帰ろう。そして父の言う通りの道を歩もう」。そう心に決めた。校門をくぐると人だかりがしていた。その先に墨書でしたためられた名前が並んでいた。自分の名が目に飛び込んできたときの気持ちは忘れられない。

あれ以来、幾つもの節があった。そんなとき、私はいつも思い出す、父の言葉を。そして父という大きな壁に立ち向かい、全力でその壁を乗り越えようとした若き日の自分を。人生の半ばを過ぎてなお、あのときの父の教えが私に生きる勇気を与えてくれている。

母に見る幸せの在りか

母は今年米寿を迎える。もともと家系的には女が短命であり、それゆえ信仰の道に入った芦田家の女性の歴史の中では、おそらく一番の長寿ではないかと思う。とはいえ、大腿骨《だいたいこつ》を骨折したし、脳梗塞《のうこうそく》もやっている。足腰の関節も痛み、病名を付ければ幾つもあるだろう。それでも母は笑顔で楽しそうに暮らしている。

母は孫たちとは大の仲良しである。以前、長男が校則を破り、初めて茶髪にしたとき、私がケチョンケチョンにけなしていると母も近寄ってきて、「お前、その頭なぁ……」と言いかけたので、よくぞ言ってくれました、と心の中でバンザイしていたら、なんと「ええわ。なかなか似合《にお》うてるで」とつづけたのである。なんてことを言うんだと思いながらも私は、母の物分かりの良さにあきれもし感心もしたのだった。

振り返れば、私にもそうだった。高校で寮生活をするようになった私が、ある日、そのころ流行《はやり》のミニスカートをはいていると、寮の舎監の先生に怒られた。「アシダ、スカートが短すぎる！」「スミマセン、母が送ってきたので」と言ったら先生が絶句していた。高校三年生の後半、寝る間も惜しんで受験勉強に励んでいたら、母から小包が届いた。ワクワクしながら開けてみると、何と化粧品が一揃《そろ》い入っていた。今でこそ女子高生もお化粧をするが、当時はそんなことをしたら大変だった。さすがにこのときばかりは机の上に並べた化粧品を見ながら腕をくんで私は考えた。だが、きれいなケースに入ったファンデーションや口紅を見ているうちに楽しくなって、合格したらこれを付けてきれいになって大学に通うんだと夢をふくらませた。

母はただ物分かりが良いだけではない。以前、教内の学生向けの雑誌に私たち夫婦の結婚に至る経緯を楽しんで書いたことがある。すると、それを読んだ母が「孝廣《たかひろ》（夫）はもう立場があるんだから、そんなふうに軽う書いたらあかん」とビシッと言われてしまった。こういうときの母はまったくもってきっぱりとしていて、一言も言い返せない。以来、夫のことはその体重と同様、なるべく重く書くようにしている。

そんな母も年を重ねていまは出かけることもなく、家の中で過ごすことが多くなった。それでも心は元気で、孫たちが「おばあちゃんのほっぺた、プヨプヨしていて気持ちいい」と三人でさわりまくっていると、たまりかねて「ヤメローッ！」と絶叫している。それでもやめないと舌を出してペロリと子どもたちの指をなめる真似をする。それでみんな慌てて手を引っ込めるのである。

舌を出すとアインシュタインそっくりだ。この前など「ウチなぁ、女学校のころ、ちょっとだけタバコ吸ったことあるねん」などと孫たちに告白していた。「おばあちゃん、なかなかやるねぇ」なんて妙に感心されていたが、お互いいろいろ告白し合っているらしい。

あちこち痛いところがあっても、ついさっきのことを忘れてしまっても、母は明るく楽しい。

母に接する人たちはいつの間にか笑顔になっている。そして口を揃《そろ》えて「お幸せですね」と言ってくださる。母はワンマンな父の言うがままに通り、私を育て人のお世話をしてきた。どこに行楽に行くでもなし、おいしいご馳走《ちそう》を食べるわけでもなく、何か言われたら「すまんなぁ、すまんなぁ」といつも頭を下げ、みんなに負けて通ってきた。愚痴《ぐち》も不足も言わないで、おやさまのお好きな〝低い、やさしい、素直な心〟そのままに今日《きょう》まで生かしていただいてきた。

人の幸せとはなんだろう。母を見ていて考えさせられる。

第八章

移ろう季節

生まれ変わり

父が亡くなり、怒濤《どとう》の日々を駆け抜けるように過ごしてきて、あっという間にもう十年も経《た》ってしまった。十年という歳月は、まだ小学生、中学生、高校生だった三人の子どもたちをそれぞれ大人にし、結婚以来、無我夢中で走ってきた私たち夫婦をあらためて向き合わせ、そして、しっかりしていた母の記憶を薄れさせた。雨漏りがひどく、いまにも倒壊しそうだった教会は、近代的な真新しい建物に変わった。冬になって氷が張るとスケートができた大きな池も、シーズンになると毎日タケノコ掘りで賑《にぎ》わった竹藪《たけやぶ》も、埋め立てられていまはない。その間にも、教会にはいろんな人が来て、また去っていった。

いつか父が言っていた。世代交代は四季の移り変わりのように、気がついたらいつの間にかというのがよいのだと。寒風が吹きすさぶ中に、木々は固い蕾《つぼみ》を宿し、その風が温《ぬる》むようになったかと思うと、サクラがチラホラと咲きだす。サクラが終わるころには、タケノコが頭を出し、タケノコ掘りが終わると雨が降る。そのうちに、入道雲が現れて、こどもおぢばがえりの季節が到来する。暑い暑いと言っていると、ある日空が高く澄んでいることに気がつく。サクラの葉は色づき、やがて北風が吹きはじめる。

いつ、季節が変わっていったのか、はっきりとは分からないままに、気がつけば人生の秋である。

母は天理で生まれた。誕生のときに御母堂中山《なかやま》たまへ様がお見舞いくださり、「この子は、おすてはんの生まれ変わりや。『すて』の『て』の字をいがめて『すゐ』と名づけよう」とおっしゃって、母の名は決まった。「すて」というのは祖父の母親の名である。

祖父は生まれた児《こ》が、自分が十二歳のときに亡くなった、恋しくも慕わしい母の生まれ変わりと聞いて、どんなに嬉《うれ》しかっただろう。だから、母は祖父の特別の思いをかけられて大きくなっていったのだった。

「『お母さんの生まれ変わりやと思うたら、お前の言うことは聞いてやらんならんね』とお父ちゃんはよう言うてくれはった」と母は言った。

「前生」や「来生」というものがあるのかどうか、それを科学の実験のように証明することはこの先もおそらくできないだろう。しかし、「前生があり、来生もある」と信じることは、今生を豊かにしてくれると思う。十二歳で悲しい別れをした母が生まれ変わって、今生で再びめぐり会えたと思うことは、人生をよりあたたかく潤いのあるものにしないだろうか。心の空洞を埋めてはくれないだろうか。

私は「生まれ変わり」を信じている。

もしも生まれ変わりがあったとしても、「誰《だれ》が誰に生まれ変わったのか」は、ベールに包まれたままだ。だが、目の前に誕生した新しい生命が、失った愛する者の帰還だと信じることは、堰《せ》き止められていた愛情がそのそそぎ口を与えられて流れていくようなものである。そのときに悲しみは癒《い》やされる。

祖父義宣《よしのぶ》は、十二歳のときに逝《い》った母をどれほど慕っていたのであろう。いつかこんな話をしてくれた。

まだ母親が元気なころ、義宣少年の通う萱振《かやふり》の小学校を通りかかって、母は少年の名を呼んだ。それを見た先生が、「芦田、あれはお前のおっかさんか。きれいな人やのう……」と言ったそうである。「せやがな、おれのおっかさんやがな」と、大得意で自慢したと祖父は言っていた。

その「すて」女の生まれ変わりだと言われた「すゐ」もやはり美しい人だった。女学校時代に撮った母の写真は、長く天理の写真館のウインドーを飾った。

そんな母も、人生の四季を生き、いつの間にか年老いていた。これまでずっと、私を見守り育ててくれた母を、今度は私がお世話をさせていただく日がめぐってきたのである。

母の入院

母が大腿骨《だいたいこつ》を骨折したのは、父が亡くなってから四年後、八王子《はちおうじ》ではまだ真冬の寒さが残る三月のことであった。

夜中にトイレに起きて転倒したのである。あまり痛がらなかったが、医者に診せるときれいに折れていた。即入院である。

ストレッチャーの上で、自分の身に何が起こったか、分かっているのかいないのか、付き添っていた孫と笑顔で話をしていた。だが、それからが辛《つら》かった。足に砂袋をつけて引っ張り、起き上がるどころか寝返りもうてなくなった。元来早起きで、目が覚めるや否《いな》や起き上がって動きはじめる性分だったので、ベッドで寝たきりの状態はとても耐え難いようだった。

「おばあちゃんがさあ、『起こして、起こして』って言うんだよ」

私の代わりにそばに付いていてくれた子どもたちは、とても困ったと言っていた。元気になるには手術が必要だった。年齢や余病を考えると不安も残ったが、かといって手術をしなければ、このまま弱っていくだけだった。なんとしてもう一度元気な姿で家に連れて帰りたい、それが私の切なる願いとなった。周囲の反対もあったが、なんとか手術をしてほしいと担当医にお願いした。ところが、血液の炎症反応が強くて手術ができないという。しかし、私は起き上がりたいと言って苦しむ母を見ていられなかった。先生にお願いし、一か八かでとりあえず手術の予定を最短の日程で入れていただくことにした。そして、当日の朝の血液検査の結果で、決めることになったのである。

普段当たり前のことのように思っているが、起き上がれることは、なんて気持ちのよいことだろう。歩けることは、なんて幸せなことだろう。母を見ていてつくづくそう思った。私は朝の八時から、面会時間ぎりぎりの夜八時まで母に付き添っていた。そして、帰ってきてから毎晩十二下りのお願いづとめをつとめて、「どうかもう一度、母を元気な姿で家に連れて帰らせてください」と神様に祈った。

手術予定日の前夜、遠方に行っていた夫も帰ってきて、共に祈り、おさづけをしてくれた。三人の子どもたちも、教会の人たちも、みな真剣だった。その夜まで、やはり血液検査の結果はよくなかった。

ところが、一夜明けて翌日の朝、ありがたいことに最終の検査で、みごと数値は好転していた。そして、急きょ手術となったのである。手術が終わって戻ってくると、母は「痛い、痛い。もう手術はこりごりや」と言いながら、「ちょっと本でも貸してんか、暇や」と雑誌を読みはじめた。看護師さんが様子を見に来て、あまりの元気さに驚いていた。術後の説明で、レントゲン写真をパッと見せられたとき、素人目にもきれいだなと思っていたら、先生が「完璧《かんぺき》な手術ができました」と言ってくださった。私は帰ってきて、心から神様にお礼を申し上げたのであった。

ところが、翌朝一番に病院に行くと、同室の方が待ちかまえていたように、「芦田さんが、立ち上がって、あちこち片付けはじめたので、あわてて看護師さんを呼んだのよ」と言われた。まだ足に負荷をかけてはいけないのに、身体《からだ》が動くようになったので、立ち上がってしまったのだ。言われたことを忘れてしまうので、仕方がなかった。それから目が離せなくなった。

入院期間の二十八日間、私は一日もかかさず朝から消灯時間まで付き添った。そして、私が帰る時間になると、看護師さんが母をベッドごとナースステーションに連れていってくれた。

ある日、隣のベッドの人が「昨日《きのう》の夜、おたくのお母さまがナースステーションで看護師さんたちと輪になって楽しそうにおしゃべりしてらしたわよ。うらやましいわ。お人柄ね」と言ってくださった。看護師さんからは「芦田さんのキャラに癒《い》やされるのよ」と言われた。

しかし、毎日十時間以上も病院で過ごすのは、私にとっても決して楽なことではなかった。子どもたちも学校やアルバイトがあり、長時間の交代は無理だった。そんなとき、私に兄弟がいればなあ、と思うことがあった。ところが、そう口にすると夫が一言、「いや、一人がいいんだよ。兄弟がいればいたで、もっと手伝ってくれたらいいのにと、きっと不足の種になる。一生懸命やっても、ほかの兄弟に注文つけられることもあるだろ。一人で覚悟を決めてやったほうが、身体は大変でも心は楽かもしれないよ」と言ってくれた。私は、なるほど、そう言われてみればそうかもしれないと深く納得して、それからは心も軽く看病に精を出した。

母が元気になっていくのを見ながらも、十二下りのお願いづとめは欠かさなかった。家に連れて帰るまでは決して気を抜いてはいけないと自分を戒めたからだ。

当初、退院後はリハビリ病院に転院して、二、三カ月の入院が必要だと言われていたが、予想に反して、母はとても元気で杖《つえ》や歩行器を使って十分に歩けるまでに回復した。そして、そのまま自宅に帰れるようになった。母を家に連れて帰ってきたときの喜びは、たとえようもなかった。そのころはまだ古い建物で段差も多く、食堂も離れにあって、何かと大変なことが多かったが、母はがんばって歩いた。冬の寒さも夏の暑さも乗り越えて、今日《きょう》も元気に生かしていただいている。

みかんの花咲く丘

最近、歌のグループをつくった。

私はどちらかというと歌が苦手で、子どものころ母に「京子はオンチやなぁ」と言われてショックを受けたことがある。それ以来、本当は歌が好きなのだが、ちょっと尻込みをしてなるべく避けて通ってきた。ところが、このごろになって急に歌を歌いたくなってきたのである。

歌はいい。歌詞やメロディーにのせて、自由に自分の思いを重ねられる。歌う人の思い入れ次第でどのようにも色付けできるのだ。そして、心の内にしまい込んでいた深い思いを引き出してくれることもある。もしかしたら、私の内にあってこれまであまり表に出てこなかったさまざまな生きものたちが、外の空気を吸いたがっているのかもしれない。人に聴いてもらうというよりは、自分の心の窓を開け放つために歌を歌ってみたいと思った。

友人に声楽をやっている人がいるので、その人を中心に少人数でまず童謡を歌ってみることにした。月に一度の練習だが歌っていると子どものころを思い出した。

母は歌が好きだった。何かしながらよく鼻歌を歌っていたし、寝るときにはポンポンと私の背中を軽く叩《たた》きながら、いろんな子守歌を歌ってくれた。その中の一つが『みかんの花咲く丘』だった。

小さいころ、この歌を聴くと、見たことのないみかんの花咲く丘の道を母と一緒に歩いて、海を眺めているような気がしたものだ。それはとてもやさしくて平和な時間だった。いま歌ってみると、私にとって「みかんの花が咲いている　思い出の道　丘の道」とは、母をはじめとする私を取り巻くさまざまな人たちと共に歩んだ懐かしくもあたたかい、これまでの人生そのもののようにも思える。

　私たちの歌のグループの名を「みかん」という。お正月にはどこの家にもコタツの上に山盛りに置いてあるみかん、誰《だれ》もが手を伸ばして手に取るみかん、そしてまた童謡『みかんの花咲く丘』のやさしい母のイメージが結実したようなみかん。そんなみかんのようでありたいという思いからである。

　グループ「みかん」はまだまだ上手《うま》くは歌えないが、先日、思いきって老人介護施設で歌を披露してきた。歌っていると、だんだんとお年寄りの目が輝きだし、いつの間にか一緒に歌ってくれていた。

『ふるさと』『夕焼け小焼け』『七つの子』『おぼろ月夜』、そして『みかんの花咲く丘』。心はかつての子ども時代に戻っているのだろうか。一人ひとりの人生に童謡を歌って過ごした楽しい時代の思い出がある。歌がはるかな記憶を呼び覚ますのだ。

　母も歌う。私と一緒に懐かしい歌の数々を……。このごろの母は、混乱する

と、娘である私のことを「お母ちゃん」と呼ぶことがある。いつの間にか私が「母」になっているのだ。私は初め切ない気持ちになった。だが、「親が子となり、子が親となり」とお聞かせいただく。生まれ変わりのことだけをおっしゃっているのではないだろう。

母と子は「思い出の道　丘の道」を歩いているうちに、いつしか互いに入れ替わって、再び二人で『みかんの花咲く丘』を歌っている。

命の繋がり

娘と待ち合わせをした。

ビルの最上階に上ると眼前に広がる街並み、そして周囲を取り巻く緑の丘陵。いつもと変わらぬその風景を見ていたら、なぜか胸が熱くなってきた。おやさまは「この世は神の体や」とお教えくださった。どのような深い意味があるのか分からないままに、そのお言葉を思い出したのである。

すると見慣れた風景が、まるで違って見えてきた。子どものころはのどかだったこの街も、いつの間にか丘の中腹まで家が立ち並ぶようになった。この空の下で、数えきれない人間たちが悲喜こもごもの人生を生き、その喜びの涙も悲しみの涙もこの大地が吸い取っている。私たちは天と地の狭間《はざま》で育《はぐく》まれ、生かされてきた。途方もなく大きな親の両の掌《てのひら》の間につつまれて私は在った。

「神様（もしもそう呼びかけることが許されるなら）、私は今日《きょう》まで多くの人の真心に支えられて生きてきました。でも私はその思いに、どれだけ応《こた》えられたのでしょう。今日まで、一生懸命生きてきたつもりなのに、知らず知らず、いろんな人を傷つけてきたと思います。苦しめてしまったこともあったかもしれません。でも、あなたはいつも私を許し、導いてくださった。守ってくださった。通れなかったかもしれない道も通してくださった。私がいま、この素晴らしい世界を前にして、ここにこうして立っていられるのは、すべてあなたのおかげです。神様、私に、この『芦田京子』という人生をお与えくださって本当にありがとうございます」

遠い昔、明日は芦田家へ行くという前夜、私が、その意味するところも分からないまま、初めてこの名前を教えられたときのことを、きみちゃんはよく覚えていた。「きみちゃん、京子、今度名前変わるねん。アシダキョウコになるねん」「どうしたん、きみちゃん。なんで泣くん？　誰《だれ》、泣かしたん？」「きみちゃん泣くからやめとくわ。アシダキョウコ、やめにする。だからきみちゃん、もう泣いたらあかん」。

その日から、私は「芦田京子」を生き、長い年月を経て今日に至った。私は目を閉じて、頭《こうべ》を垂れた。目の前に広がる慈愛に満ちた空と大地に、身も心も溶け込んでいくような気持ちになった。

夕暮れが迫っていた。不意に「お母さん」と呼ぶ声がした。振り向くと、未来を信じる真っすぐな目をした若い娘が、頰《ほお》をバラ色に染めて、そこに立っていた。

あとがき

「親子」、この最も根源的な人間の営みは、私がずっと心の中であたためてきたテーマであった。私は、自分が養女であることを知ったときから、「親子とは」という問いかけを繰り返しながら生きてきたように思う。

父と私との関係は決して「揺るぎないもの」ではなかった。父に対して私の心は大きく左右に揺れた。父はたしかに深い愛情を注いでくれたが、半面、私は父を「むごい」と感じることもあった。私が結婚してからしばらくして、父は夫にこう言ったという。「わしは京子に厳しすぎた」と。私に対する夫のおらかな愛情のかけ方に、何か思うところがあったのかもしれない。

以前、こんなことがあった。生家の兄から電話がかかってきて、父親の四十年祭を勤めるという。私が一歳のときに亡くなった生家の父のことである。「お母さん（生母）が右手の親指が痛むので、東本《とうほん》大教会でおさづけをしてもらったら、『亡くなられたご主人に対する感謝の心が足りないのでは……』とお諭しされたらしい。今年はちょうど父親が亡くなって四十年で、ふつう四十年祭は勤めないらしいけど、お母さんがぜひにって言うから来てくれないか」と言われた。十年以上も前の話である。

このところ私はずっと右手の親指が痛み、時には夜も眠れないほどであった。医者は使い過ぎだと言ったが、時間がなくて治療にも行かずそのままになっていた。私はパソコンが苦手で、未だに原稿は手書きである。書くときにはペンを持たざるを得ない。だがそうすると、親指がさらに痛くなるのである。

そんなときに兄の電話を思い出した。生母も父親の年祭のときに親指が痛んだという。私も今年、父の年祭を迎える。同じようなお知らせである。「私は、父に対する感謝の念が足りないのだ……」と悟った。しかし頭の中では分かっても、人の心はそう簡単に整理がつくものではない。

そうこうしているうちに、いよいよ本稿の締め切りが近づいてきた。私は思いきってペンを取った。痛みをこらえて書きすすめていくにつれ、日ごとに、亡くなった父が身近に感じられるようになっていった。これまでの人生で私がいかに父と深く関《かか》わって生きてきたか……。父とは親子の会話もなかったと思っていたが、意外にも私は折々に父の心の声を聞いていた。書いていくことで、父と私は思っていた以上に、多くのことを語り合っていたことに気づいたのだった。私は、書きながらいつしか父と心を通い合わせていた。

きみちゃんがいつか話してくれた。私が東本大教会の会長宅で初めて父に会ったとき、きみちゃんが「お父ちゃんよ」と言うと、すでによく言い聞かされていたのであろう、驚きもせず、泣きもせず、黙って父を見つめていたという。誰《だれ》が持ってきたのか、父はそこにあったビー玉を私に向かって転がした。色鮮やかなビー玉は大きなテーブルの上を父から私にコロコロと転がり、また私から父へと転がっていった。そのときからそのビー玉は本当はずっと父と私の間を行ったり来たりしていたのだろう。気がつくと手の痛みは消えていた。

本が出版されることについて、最初は大きなためらいがあった。私には分不相応なことに思われたからである。しかしこれら一連のことを思い合わすと、これもまた一つの運命のように、目に見えない力によって導かれていたのかもしれない。

思えば、私のこれまでを綴《つづ》ることは、「親子とは」の問いに対して、その答えを見つける旅をするようなものであった。書き終えてみてあらためて思うことは、「親子とは」という茫漠《ぼうばく》とした問いに対する答えは、一言の言葉や、あるいは文章の一節で答えられるようなものではなく、人が生まれてから死んでいくまでの、長い人生の過程そのものであることに思い至った。一人の人間のささやかな物語ではあるが、そこから普遍的な人間の営みを少しでも照らし出すことができれば幸いである。

この本を上梓《じょうし》するにあたり、なるべく教語を避け、分かりやすい表現を試みたつもりである。よって信仰者の書いたものとしてはもの足りなさを感じる方も多いかと思われる。

本を出すことを勧めてくださり、出版にあたっていろいろとお骨折りをいただいた道友社の欅源三郎《けやきげんざぶろう》氏、パソコンの文字入力に協力していただいた同じく道友社の佐藤有《さとうゆう》さんに心からお礼申し上げる。そして連日の深夜に及ぶ作業を共にしてくれた土屋文乃《つちやあやの》にあらためて感謝したい。

この本が、「親子」の問題を前にして、答えを見つけられず立ちすくむ人たちにとって、小さな光となることができれば望外の喜びである。

立教百七十一年（平成二十年）夏

父の十年祭の年に

芦田京子

芦田京子（あしだ きょうこ）

昭和29年（1954年）、京都市生まれ。同52年（1977年）、お茶の水女子大学卒業。同54年（1979年）、結婚、芦田孝廣の妻となる。二男一女の母。教内出版物『さんさい』『はっぴすと』『みちのとも』『天理時報特別号』などに執筆。現在、天理教芝白金分教会長夫人。

絆《きずな》　ki・zu・na

2008年11月1日　初版第1刷発行

著　者　芦田京子《あしだきょうこ》

発行所　天理教道友社
〒632-8686　奈良県天理市三島町271
電話　0743(62)5388
振替　00900-7-10367

TENRIKYO DOYUSHA

印刷所　株式会社天理時報社
〒632-0083　奈良県天理市稲葉町80

ISBN 978-4-8073-0532-2
定価はカバーに表示